Huaco retrato

GABRIELA WIENER
Huaco retrato

RANDOM HOUSE

Papel certificado por el Forest Stewardship Council®

Primera edición: octubre de 2021
Novena reimpresión: enero de 2024

© 2021, Gabriela Wiener
Casanovas & Lynch Literary Agency, S.L.
© 2021, Penguin Random House Grupo Editorial, S.A.U.
Travessera de Gràcia, 47-49. 08021 Barcelona

Printed in Spain – Impreso en España

ISBN: 978-84-397-3809-1
Depósito legal: B-12.833-2021

Compuesto en La Nueva Edimac, S.L.
Impreso en Limpergraf
Barberà del Vallès (Barcelona)

RH3809B

La imbecilidad artificial del cuerpo estaba unida en los peruanos a la imbecilidad fáctica del alma.

CHARLES WIENER

Entre padres e hijos la perplejidad parece ser la única posibilidad de comprensión.

HEINRICH BÖLL

La muerte misma puede vivificar.

ARIOSTO

PRIMERA PARTE

Lo más extraño de estar sola aquí, en París, en la sala de un museo etnográfico, casi debajo de la Torre Eiffel, es pensar que todas esas figurillas que se parecen a mí fueron arrancadas del patrimonio cultural de mi país por un hombre del que llevo el apellido.

Mi reflejo se mezcla en la vitrina con los contornos de estos personajes de piel marrón, ojos como pequeñas heridas brillantes, narices y pómulos de bronce tan pulidos como los míos hasta formar una sola composición, hierática, naturalista. Un tatarabuelo es apenas un vestigio en la vida de alguien, pero no si este se ha llevado a Europa la friolera de cuatro mil piezas precolombinas. Y su mayor mérito es no haber encontrado Machu Picchu, pero haber estado cerca.

El Musée du quai Branly se encuentra en el VII Distrito, en el centro del muelle del mismo nombre, y es uno de esos museos europeos que acogen grandes colecciones de arte no occidental, de América, Asia, África y Oceanía. O sea que son museos muy bonitos levantados sobre cosas muy feas. Como si alguien creyera que pintando los techos con diseños de arte aborigen australiano y poniendo un montón de palmeras en los pasillos, nos fuéramos a sentir un poco como en casa y a olvidar que todo lo que hay aquí debería estar a miles de kilómetros. Incluyéndome.

He aprovechado un viaje de trabajo para venir por fin a conocer la colección de Charles Wiener. Cada vez que entro a sitios como este tengo que resistir las ganas de reclamarlo todo como mío y pedir que me lo devuelvan en nombre del Estado peruano, una sensación que se vuelve más fuerte en la sala que lleva mi apellido y que está llena de figuras de cerámica antropomorfas y zoomorfas de diversas culturas prehispánicas de más de mil años de antigüedad. Intento encontrar alguna propuesta de recorrido, algo que contextualice las piezas en el tiempo, pero están exhibidas de manera inconexa y aislada, y nombradas solo con inscripciones vagas o genéricas. Le hago varias fotos al muro en el que se lee «Mission de M. Wiener», como cuando viajé a Alemania y vi con dudosa satisfacción mi apellido por todas partes. Wiener es uno de esos apellidos derivados de lugares, como Epstein, Aurbach o Guinzberg. Algunas comunidades judías solían adoptar los nombres de sus ciudades y pueblos por una cuestión afectiva. Wiener es un gentilicio, significa «de Viena» en alemán. Como las salchichas. Tardo unos segundos en darme cuenta de que la M. es la de M. de Monsieur.

Aunque la suya haya sido la misión científica del típico explorador del siglo XIX, suelo bromear en las cenas de amigos con la idea de que mi tatarabuelo era un huaquero de alcance internacional. Les llamo huaqueros sin eufemismos a los saqueadores de yacimientos arqueológicos que extraen y trafican, hasta el día de hoy, con bienes culturales y artísticos. Pueden ser señores muy intelectuales o mercenarios, y pueden llevar tesoros milenarios a museos de Europa o a los salones de sus casas criollas en Lima. La palabra huaquero viene del quechua *huaca* o *wak'a*, como se le llaman en los Andes a los lugares sagrados que hoy son en su mayoría sitios arqueológicos o simplemente ruinas. En sus catacumbas solían estar enterradas las autoridades comunales junto a su ajuar funerario. Los huaqueros invaden sistemáticamente estos recintos buscando tumbas u objetos valiosos y, a causa de sus métodos poco profesionales, suelen dejarlas hechas un muladar. El problema es que semejante procedimiento no permite ningún estudio posterior fiable, hace imposible rastrear cualquier seña de identidad o memoria cultural para reconstruir el pasado. De ahí que huaquear sea una forma de violencia: convierte fragmentos de historia en propiedad privada para el atrezo y decoración de un ego. A los huaqueros también les hacen películas en Hollywood como a los ladrones de cuadros. Son fechorías no exentas de glamour. Wiener, sin ir muy lejos, ha pasado a la posteridad no solo como estudioso, sino como «autor» de esta colección de obras, borrando a sus autores reales y anónimos, arropado por la coartada de la ciencia y el dinero de un gobierno imperialista. En aquella época a mover un poco de tierra lo llamaban arqueología.

Recorro los pasillos de la colección Wiener y entre las vitrinas atestadas de huacos, me llama la atención una porque está vacía. En la referencia leo: «Momie d'enfant», pero no hay ni rastro de esta. Algo en ese espacio en blanco me pone en alerta. Que sea una tumba. Que sea la tumba de un niño no identificado. Que esté vacía. Que sea, después de todo, una tumba abierta o reabierta, infinitamente profanada, mostrada como parte de una exhibición que cuenta la historia triunfal de una civilización sobre otras. ¿Puede la negación del sueño eterno de un infante contar esa historia? Me pregunto si se habrán llevado la pequeña momia a restaurar como se restaura un cuadro y si han dejado la vitrina vacía en la sala como un guiño a cierto arte de vanguardia. O si el espacio en que no está es una denuncia permanente de su desaparición, como cuando robaron un Vermeer de un museo de Boston y dejaron por siempre el marco vacío en la pared para que nadie lo olvide. Especulo con la idea del robo, de la mudanza, de la repatriación. Si no fuera porque vengo de un territorio de desapariciones forzadas, en el que se desentierra pero sobre todo se entierra en la clandestinidad, tal vez esa tumba invisible detrás del cristal no me diría nada. Pero algo insiste dentro de mí, quizá porque ahí dice que el niño de la momia ausente era de la Costa Central, de Chancay, del departamento de Lima, la ciudad donde nací. Mi cabeza deambula entre pequeñas fosas imaginarias, cavadas en la superficie, encajo la pala en el hueco de la irrealidad y retiro el polvo. Esta vez mi reflejo de perfil incaico no se mezcla con nada y es, por unos segundos, el único contenido, aunque espectral, de la vitrina vacía. Mi sombra atrapada en el cristal, embalsamada y expuesta, reemplaza a la momia, borra la frontera entre la realidad y el montaje, la restaura y propone una nueva escena para la interpretación de la muerte: mi sombra lavada y perfumada, vaciada de órganos, sin antigüedad, como una piñata translúcida llena de mirra, nada que puedan devorar y destruir los perros salvajes del desierto.

Un museo no es un cementerio, aunque se parezca mucho. La exposición de Wiener no explica si el pequeño que no está fue sacrificado ritualmente, asesinado o si murió de forma natural; ni cuándo, ni dónde. Lo que es seguro es que este sitio no es ni una huaca, ni la cima de un volcán en la que ser entregado a dioses y hombres para que bendigan la cosecha y la lluvia caiga gruesa y constante como en los mitos, como una torva de dientes de leche y granos rubíes de granadas jugosas regando los ciclos de la vida. Aquí las momias no se conservan tan bien como en la nieve.

Los arqueólogos dicen que en los volcanes altos del sur extremo, los niños encontrados parecen dormidos en sus tumbas de hielo, y al verlos por primera vez, da la sensación de que podrían volver en cualquier momento de su sueño de siglos. Están tan bien conservados que quien los ve piensa que podrían ponerse a hablar en ese instante. Y nunca están solos. Juntos enterraron a los Niños de Llullaillaco, en la Cordillera de los Andes: la Niña del Rayo, de siete años, el Niño, de seis, y la Doncella, de quince. Y juntos los desenterraron.

En una antigüedad no tan remota, aquí mismo, en una capital europea, los niños también se enterraban en el mismo sector del campo santo, como si fueran todos hermanitos o una peste se los hubiera llevado de golpe y pasaran a habitar una especie de mini ciudad fantasma dentro de la gran ciudad de los muertos, para que si despertaban en medio de la noche pudieran jugar juntos. Siempre que visito un cementerio intento darme una vuelta por la zona kids, voy leyendo entre sobresaltos y suspiros las despedidas que les dejan las familias en sus mausoleos, y me da por imaginar sus vidas frágiles y sus muertes, causadas la mayor parte de las veces por enfermedades insignificantes. Pienso, delante de este sepulcro infantil no encontrado, si el terror que nos produce hoy la muerte de un niño viene de esa antigua fragilidad, y si no será que hemos olvidado la costumbre de sacrificarlos, la normalidad de perderlos. No he visto nunca tumbas de niños muertos contemporáneos. Quién en su sano juicio llevaría el cadáver de su hijo a un cementerio. Hay que estar loco. A quién se le ocurriría enterrar a un niño, vivo o muerto.

Este niño sin tumba, en cambio, esta tumba sin niño, no solo no tiene hermanos ni compañeros de juegos, es que ahora además está perdido. Si estuviera ahí, me imagino a alguien, que podría ser yo, sucumbiendo al impulso de tomar en brazos a la Momie d'enfant, la guagua huaqueada por Wiener, envuelta en un textil con diseños de serpientes bicéfalas y olas de mar roído por el tiempo, para salir corriendo hacia el muelle, dejar atrás el museo, cruzar hacia la torre, sin ningún plan en concreto, solo alejarnos lo más posible de ahí, pegando algunos tiros al aire.

El avión no llegó a tiempo o eso suele decirse cuando alguien muere, como si no fuéramos nosotros los que siempre llegamos tarde a todo. Mi mamá, que para variar se pasó días evitando mostrarme la verdadera dimensión del asunto, por fin lo dijo, me llamó para que fuera, para que volara, vuela, Gabi, porque tu papá no va a aguantar mucho; y tuve que admitir que en el fondo yo podría haber deducido que pasaría. Desorientada, dando vueltas por la T4 de Barajas, me alisté para un viaje transoceánico con un nudo en el cuello y cuando aterricé ya no había nudo, ni intriga, ni padre.

Nadie te prepara para un duelo, ni todos los libros tristes que llevaba una década leyendo de manera enfermiza. Podía reconocer a Goldman hablando con un árbol en una calle de Brooklyn, un árbol que podía ser su esposa Aura después de que una ola la matara. A Rieff en el hospital diciendo algo inteligente para que nadie se diera cuenta de lo herido que estaba por su mamá, la egocéntrica Sontag, incapaz de aceptar que se moría. A del Molino poniéndose mil veces la misma canción en el ipod para alejar a la maldita leucemia de su bebé. A Bonnet repitiéndose en su cabeza para creerse que su hijo ya no está: «Daniel se mató». A Hitchens lleno de cáncer cagándose en Dios. A Herbert lidiando con ser el vástago de una puta que se muere. Ay, todos esos libros que recuerdo haber leído de un tirón, porque cada vez que me apartaba de sus páginas sentía que estaba dejando a sus autores solos ante el peligro y no podía permitírmelo. Es verdad, como dice Joan Didion, que sobrevivimos más de lo que creemos que podemos. Y algunos lo hacen para poder algún día escribir algo que nadie en su sano juicio pediría escribir, un libro que hable sobre el duelo. Jamás podría hacer nada semejante.

Al llegar a casa, la casa de mi familia, entre el puñado de cosas que mi papá dejó para mí, me desconcierta encontrar el famoso libro escrito por Charles Wiener. Reconozco sobre el grabado marrón del paisaje cusqueño de la cubierta las letras rojas del título y el nombre del tatarabuelo. También está el teléfono de papá, usado por él solo pocas horas antes, y sus gafas, que descansan sobre el tocho de páginas algo amarillentas y ajadas por los años. Me quedo varios minutos instalada en el vacío que el sencillo testamento de mi padre finge llenar. No cojo su teléfono de inmediato, como si tratara de dejar la menor cantidad de huellas posibles en la escena del crimen. Mi padre acaba de morir de cáncer terminal en una cama de hospital. Y ahora, para no zozobrar del todo, intento ubicarme en medio de los islotes dispersos y las fosas insondables de su partida. Dicen que las especies más comunes en las profundidades oceánicas son las bioluminiscentes. Siempre pienso en ello cuando más a oscuras me siento. En criaturas que reaccionan químicamente a la penumbra produciendo luz. Me digo que puedo hacerlo, que soy capaz, que si a un molusco solo le hace falta una enzima y algo de oxígeno para brillar y confundir a los depredadores, por qué yo no podría.

Tomo el libro, empiezo a hojearlo por el final y me fijo en un apéndice que no había notado antes, firmado por un tal Pascal Riviale. Se titula «Charles Wiener, ¿viajero científico u hombre de los medios?». El texto, muy breve, está escrito con una ironía casi hiriente, es más, está a un paso de ser un libelo; en él, Riviale sostiene que Wiener, más que un científico, fue un hombre con habilidades sociales y comunicativas: «Su estilo a veces enfático, otras sentencioso y lleno de humor –más cerca del romanticismo lírico de un Marcoy que del rigor científico de un D'Orbigny– se avenía más con un salón mundano que con un gabinete de trabajo». A continuación se regodea, lapidario: «Su camino estaba entonces trazado: al diablo la verdad histórica, ¡viva la arqueología novelesca!». Su éxito, culminaba, se debió a que había sabido presentar al público una cierta imagen de sí mismo. En ese momento vuelve a mí un viejo rumor que corre en un sector del mundo académico: hay quien sostiene que Wiener es un farsante, un impostor.

Por fin enciendo el teléfono de mi padre. Quiero saber qué hacía en sus últimas horas o estar con una parte de él que no ha muerto. Estoy segura de que hago algo que a la mayoría le parecerá condenable, pero la violación de la intimidad de un muerto que es tu padre siempre será relativa. Es algo que te debe. La verdad, también relativa de algunas cosas, tratándose de mi padre, es parte de un legado que me pertenece.

No dudo, hago una primera búsqueda con el nombre de la mujer con la que mi padre mantuvo una relación paralela y clandestina de más de treinta años y otra hija fuera del matrimonio. Y el primer correo que salta es uno en el que él le reprocha a ella una infidelidad.

La infidelidad dentro de la infidelidad.

Me pruebo las gafas sucias de papá y por primera vez en mi vida, y aún más fuerte desde que me bajé demasiado tarde de ese avión, siento que a lo mejor tengo que empezar a pensar seriamente en que algo de ese ser fraudulento me pertenece. Y ya no sé si me refiero a mi padre o a Charles.

En todas las casas de los Wiener que conozco está esa cutre reproducción en blanco y negro del rostro adusto del austriaco, enmarcada y adornando un mueble. Dicen que la original siempre estuvo en la familia y que una de las hermanas de mi abuelo la guardó hasta su muerte. La leyenda de mi tatarabuelo Wiener es la del discreto profesor de alemán convertido de la noche a la mañana en Indiana Jones.

Uno de mis tíos, el que dicen que más se le parece, se había hecho historiador inspirado por la hazaña de su bisabuelo, era el único que había visto el libro de Charles, *Perú y Bolivia*, en francés, en los ochenta, en una biblioteca parisina, y hasta se había planteado buscar la manera de editarlo en Perú. Así que cuando finalmente apareció la traducción al español, en 1993, sintió algo de desazón porque se le habían adelantado pero sobre todo entusiasmo porque por fin podría leer el libro.

El día de la presentación en Lima estaban en la misma mesa el traductor del libro y novelista consagrado Edgardo Rivera Martínez, el expresidente del Perú Fernando Belaúnde y otros ilustres peruanos en un acto de cierta importancia cultural. Orgullosa de que el legado de Charles por fin fuera reconocido, mi familia acudió al evento y los organizadores anunciaron ante el público nuestra presencia: «Esta noche tenemos el gusto de contar con los únicos descendientes de Wiener en nuestro país», dijeron. Ellos no tenían ni la menor idea de que Charles había tenido un hijo aquí y que nos habíamos multiplicado ajenos a su figura. Podríamos haber sido también unos impostores pero no se molestaron en averiguarlo. En realidad tampoco podríamos haberlo demostrado. Mi familia se levantó de sus asientos, sintiendo por primera vez que ese apellido pomposo y extranjero les servía para algo.

En realidad, más allá de su foto en el aparador o la mesita de centro de nuestras anónimas casas, a Charles se le empezó a conocer en el Perú como uno de los primeros estudiosos europeos en confirmar la existencia de Machu Picchu, casi cuarenta años antes de la llegada de Hiram Bingham y de que la *National Geographic* fotografiara por primera vez el monumento y descubriera su majestuosidad para el mundo. En las imágenes en blanco y negro de la revista el verde intenso de sus montañas se veía negrísimo, el pico del Huayna Picchu rodeado por una estola de nubes inmaculadas, la atalaya intacta, las tres ventanas de cielo, el intihuatana, el reloj solar, dando la hora exacta. De todo eso estuvo muy cerca Charles, de hecho fue el que más cerca estuvo. En este punto siempre empiezo a imaginar mi vida si hubiera sido la auténtica descendiente del «descubridor» de una de las nuevas siete maravillas del mundo, aunque ya sabemos cómo es eso de descubrir América y cosas que siempre han estado ahí. ¿Tendría ahora piscina en mi casa? ¿Podría ir a la ciudadela montada en el tren de turistas sin pagar nada? ¿Podría reclamar mis derechos sobre esas tierras como vienen haciendo muchos desde que en 1911 llegó el gringo explorador? ¿Debería haber dejado mi firma en uno de los muros de granito de la Puerta del Sol –como hizo Agustín Lizárraga, el funcionario de puentes cusqueño que llegó en 1902, nueve años antes que el propio Bingham, solo para hacer mutis de inmediato por el foro de la Historia en un gesto punk, despojado, infantil– como diciendo si no fuera por mi tatarabuelo y su mapita no estarías aquí haciéndote un selfie?

Pero Wiener no lo consiguió, peor aún, dejó indicios en sus planos y una localización muy aproximada, que ayudó a Bingham a llegar porque nadie sabe para quién trabaja. «Se me habló aún de otras ciudades, de Huayna Picchu y de Machu Picchu, y resolví efectuar una última excursión hacia el este, antes de continuar mi camino al sur», escribe sobre el desvío que lo llevará hacia otras ruinas mucho menos importantes y alejará en definitiva del hallazgo más extraordinario de la historia del Perú. Haber estado cerca, por los pelos, nunca ha sido una buena excusa. De hecho, entre todas las facetas del fracaso esta es especialmente irritante. Y nadie querría reclamarla como una herencia.

En su libro dibujó un mapa preciso del valle de Santa Ana, con las indicaciones que le iban dando los lugareños, que incluía los hitos y se acercaba mucho a la ruta real, pero finalmente equivocó el camino y no descubrió nada, no pudo ponerse la medalla por darse de bruces con algo que había sido construido hacía cientos de años, clavar la banderita y cantar «La Marsellesa».

No tuvo la envidiable suerte de su tataranieta, ya en las postrimerías del siglo xx, de fumarse un porro de marihuana dentro de una manzana, llena de agradecimiento al final del viaje ante la aparición deslumbrante entre la niebla de la verde y rocosa ciudad perdida de los incas, después de subir picos de cerca de cinco mil metros sobre el nivel del mar, bajar largos senderos del valle sagrado y andar kilómetros de bosques del Camino Inca durante días, durmiendo bajo el cielo estrellado al lado de sus mejores amigas, a las que se moría por tocarles las tetas. Pese a todo, podríamos afirmarlo y no estaríamos mintiendo, yo llegué antes que Charles a Machu Picchu. Yo, simplemente, llegué. Y él no.

En la contratapa del libro de 900 páginas publicado por primera vez en 1880 en Francia, el estudioso peruano Raúl Porras Barrenechea exaltaba a Wiener, junto a Cieza y Raimondi, entre los grandes viajeros del Perú republicano. Belaúnde señalaba «la penetrante observación del humanista» y el historiador Pablo Macera aseguraba que para Wiener «la historia era una actitud vital más que un método o una evasión». Me gusta la frase de Macera. Si no hay más remedio que proceder de un hombre blanco europeo siempre preferiré que sea de un aventurero antes que de un doctor honoris causa.

Mi papá atesoró el libro durante años, con sus decenas de grabados costumbristas de la vida indígena, inalterable en un lugar especial de nuestra biblioteca. Cada vez que intenté acercarme a merodear en sus primeras páginas, sin embargo, lo cerré horrorizada, incapaz de leerlo como el fascinante relato de viajes del siglo XIX que es para tanta gente, y sobre todo incapaz de obviar sus sentencias sobre los indios salvajes. Nada de ese personaje extraviado en su eurocentrismo, violento y atrozmente racista tenía que ver con lo que soy, aunque mi familia lo glorificara.

Dejé de pensar en el libro durante años. Ese tocho que pesaba casi su peso real en mi conciencia estaba en Perú y yo para entonces ya vivía al otro lado del Atlántico; aunque de vez en cuando, sobre todo cuando en alguna conversación salía la anécdota del tatarabuelo huaquero, me carcomía la idea de no haberlo leído todavía, después de todo soy escritora y de momento es el único Wiener que ha escrito un libro de éxito.

La muerte de mi papá siempre coincidirá con la fiesta del tomate. Yo me fui y mi marido y mi mujer decidieron llevar a nuestra hija a la cata de tomates de Perales de Tajuña, un pueblo a las afueras de Madrid, para alejarla del tufo de la muerte. Desde que los tres nos fuimos a vivir juntos no habíamos experimentado nada tan triste, ni terrible. Yo tenía que haber estado en esa fiesta del tomate de inicios de septiembre, semidesnuda muriendo de calor en una comarca bañada por el río Tajo y no languideciendo de luto en Lima gris. En las catas los agricultores ponen en exhibición sus decenas de tipos de tomates, algunos tan grandes como una cabeza y de muchos colores, otros rosas fosforescentes tan carnosos como un corazón.

Cuando por fin tengo un momento leo un mensaje de Jaime y uno de Roci. Jaime dice que me va a contar algunas cosas que ha hecho mi hija. La habían llevado al pueblo al que solemos ir a cosechar las verduras que nunca se come. Más tarde se había puesto a mirar fotos de su abuelo en el ordenador y había llorado con ese llanto adulto en el que no decimos nada y solo dejamos que algo de nosotros se caiga para luego levantarse. Había escogido una foto y la había metido en una carpeta en la que escribió «Abu». También abrió una foto suya y se quedó mirándola y empezó a hacerle agujeros con el programa de edición. Le hizo no uno sino muchos vacíos alrededor y Jaime cree que en todos ellos quería poner la foto que había escogido de su abuelo. Pero no pudo, o no supo cómo hacerlo. Tal vez un día le enseñaremos a llenarlos, aunque lo más probable es que aprenda a hacerlo ella sola.

Roci me cuenta que en la fiesta de los tomates había una serie de hermosas parejas gays que se tocaban, sudaban y amaban, y que toda esa exuberancia le hacía extrañarme. También que había imaginado a una niña llorando en un horrible aeropuerto, y que esa niña era yo. Esa era mi vida, había luchado mucho por no hacerlo tan mal como él. Y de pronto estoy aquí donde no quiero estar. Por su culpa, porque se ha muerto en el peor momento o en el mejor. En nuestra última conversación recuerdo que me dijo con una pizca de humor que me escoció dentro: «Ay, hijita, si en mi época hubiera existido el poliamor…».

No han pasado ni dos meses desde la última vez que pisé esta ciudad. Aquella vez debí quedarme, sabía que probablemente no le quedaba demasiado tiempo, pero me fui. Cuando me dijo lo del poliamor, creyendo que eso nos acercaría, no sabía si volvería a verlo vivo y para despedirnos alquilamos una casa en una playa limeña. En invierno las playas limeñas son un paisaje ártico. Todo lo ocupaba el cuerpo ya sin cuerpo de papá, y los movimientos arduos de mi madre atendiéndolo, dándole de comer en la boca. Despertaba, echaba un ojo a los periódicos, pero no duraba demasiado. Él, el periodista, el escritor, el analista, lector fiel de la prensa diaria, de la amiga y de la enemiga, ya no resistía más de unos minutos sosteniendo los diarios sobre su pecho. Tampoco podía escribir, como cada día, su apasionada columna de análisis de la coyuntura, poniendo todos sus demonios a trabajar. Yo me acercaba al sofá donde dormía, le acariciaba la frente y le hablaba del libro de José Carlos Agüero que ambos acabábamos de leer. Un libro sobre el perdón, sobre perdonarnos como sociedad posconflicto y aprender a convivir con el enemigo rendido, escrito por primera vez por un bicho raro, completamente desconocido para la mayoría de peruanos: el hijo de dos miembros de Sendero Luminoso. Mi padre entonces volvía a contarme la historia del padre de José Carlos, al que recordaba como un valiente dirigente de los obreros metalúrgicos al que un día perdió de vista porque entró en Sendero y más tarde fue fusilado durante la operación que sofocó el motín de los presos de El Frontón. Hablábamos sobre todo de la madre, a quien había conocido militando en la izquierda antes de que también se volviera senderista. Cuando hablábamos de eso —y era mi parte favorita de la historia— mi papá solía confesarme que le había gustado mucho la mamá de José Carlos, que le atrajo durante un tiempo. A ella la secuestraron y asesinaron en una playa con una bala en la nuca, años después, cuando ya estaba retirada. A mi papá le incomodaba un poco el tono de reconciliación del libro, sentía que a José Carlos no le interesaba lo suficiente reconstruir el pasado de sus padres y las razones que los llevaron a la violencia, y lo comparaba con un niño que no sabe lo que hacen sus padres de noche y decide ya adulto que tampoco le interesa entenderlo. Para mí, sin embargo, la grandeza del libro no estaba tanto en su testimonio o en un supuesto ajuste de cuentas con su familia, sino en su esfuerzo por pensar qué hacemos con toda esa basura que nos dejó la guerra. Y que lo hiciera alguien condenado por el estigma de ser «hijo de» me parecía aún más valiente. Quizá a papá le hería ese aparente «desdén» de José Carlos. Quizá sentía que iba dirigido contra él también y contra toda su generación. Después de todo, desde los años sesenta él y sus compañeros venían intentando hacer la revolución contra un sistema que no da tregua. Algunos mediante una violencia bestial como los padres de José Carlos, algunos sin violencia como el mío. En el fondo creo que le molestaba que un hijo no le hiciera justicia a su padre.

¿Cómo querría papá que lo recordara yo? ¿Funcionaría con él mi método de contar y reírme de mis propias miserias para hacerle más llevadero el hecho de que también iba a contar las suyas? ¿Aceptaría que le señalara su incoherencia como un compañero más del partido en una asamblea, la brecha entre su compromiso público y la ética de su intimidad, el no haber podido ser tan bolchevique en el amor como en la política? ¿Escribiría un libro para *hacerle* justicia?

La sola posibilidad de escribir sobre él me hace sentir como una payasa, en realidad como el protagonista de la novela de Heinrich Böll, *Opiniones de un payaso,* que un día llega bañado en café a ver a su padre y este cree que es otra de sus payasadas aunque en realidad él solo había querido prepararse un café y lo había echado todo a perder. Ese es uno de los peligros de ser un payaso, que nunca te tomen en serio. A los que escribimos nos pasa lo mismo. No quiero reírme de mi padre, ni ser injusta, solo estoy bañada en café de arriba abajo.

Aunque mi abuelo votaba a Belaúnde y educó a sus hijos con severidad, el mayor, el comunista, siempre tuvo palabras ponderadas para él; siempre oí a mi padre hablar del suyo desde ese extraño lugar que es la comprensión para un hijo, es decir, desde la perplejidad. En los ochentas, a mi padre y a mi tío los habían metido presos por rojos y por enfrentarse a la dictadura de entonces, pero mi abuelo nunca les reprochó su comportamiento. Odiaba a los militares tanto como ellos. Podía haberme quedado pensando más tiempo en esto pero me daba por fantasear con mi padre y la madre de José Carlos empotrándose detrás de la puerta de alguna asamblea, al lado de un montón de banderas rojas con la hoz y el martillo.

Jamás pensé que iba a poder abrazar a un muerto pero mi mamá tira de nosotras con firmeza, como diciendo no es un zombi, es su papá. Más tarde, cuando las tres nos disponemos a vestirle, retengo la visión de sus tetillas rojas para no olvidarlas nunca, también acaricio por última vez el lunar de su tobillo que él hacía sonar con un silbido cuando yo lo apretaba. La muerte: saber que nunca más escucharás ese sonido. Entre mi madre y yo casi no podemos moverlo. Palpar la rigidez de lo muerto en un cuerpo que solo conociste vivo, he ahí una experiencia novedosa. Pesa muchísimo porque en los últimos días se había llenado de agua. Qué raro es esto de que morir de ciertas cosas sea igual a morir ahogado. Eso parece, un cuerpo devuelto por el mar después de su periplo entre olas violentas. Mi madre hace las cosas con aplomo, en su habitual actitud autosuficiente. Se nota que lleva muchos más muertos que yo a sus espaldas. Para mí es la primera vez. Después comemos un menestrón en la cafetería del hospital y me parece increíble la vida, que ese plato sea tan verde y tan sabroso.

Cuando estamos camino al velatorio, recuerdo que mi papá tampoco pudo despedirse del suyo. Murió de un infarto mientras él estaba de misión política y periodística en Europa.

Cuando volvió al Perú, un mes después, ya no tenía padre. Y ahora yo tampoco.

En su funeral soy la tercera viuda besada y babeada mil veces por toda la izquierda peruana entre gritos de «Cuando un revolucionario muere nunca muere». Ahí de pie, por fin ante su ataúd, entre las flores enviadas por un expresidente y las que envió el abogado de un líder terrorista encarcelado, yo, como mi hija ante su rudimentario homenaje en Photoshop a su abuelito perdido, me siento rodeada de agujeros hechos por mí misma que no sé cómo llenar.

Sé algunas cosas de ese señor, más de las que querría saber. Sé de su cráneo un poco puntiagudo, de su extensa frente, de su calvicie precoz. Del bigote oscuro y la barba mullida en su rostro albo. De su cara de Freud o de cualquier celebridad germana de la filosofía o la psicología. Aunque solo fuera el joven maestro de alemán de un liceo francés. Serio y contenido en ese gesto de profesor o padre que juega con el miedo. Al menos así luce en la foto que conozco, tomada en los días en que le fue encargada la misión en América del Sur. No llegó al Nuevo Mundo con espadas y caballos sino con un método científico y un cuaderno de campo para entender a los que no eran como ellos.

Él tampoco era como ellos, pero quería serlo.

Primero fue Karl Wiener, el judío austríaco, hijo de Samuel y de Julia. Samuel muere y su familia decide migrar de Viena a París con el joven Karl, ya de dieciséis años. En Francia empezó a llamarse Charles y la pronunciación germánica de su apellido, «Vina», mutó en la afrancesada «Vinérg» en boca de los otros. A mí me llaman «Viner», aunque me han llamado Weiner, Wainer, Weimer y hasta Winter, como la cocoa.

Cuando su verborrea ya seducía a muchos en los salones de la Sociedad de Geografía de París, donde hacía gala de ciertas ideas liberales que hubieran horrorizado a su bisnieto, mi padre socialista, el joven Wiener publicó su primer ensayo. El tema era el «imperio comunista» de los incas, un régimen basado en la igualdad social y por ello, según su tesis, autoritario y contrario a la libertad. En sus textos defendía la idea delirante de que Luis XIV se había inspirado en los incas para su famosa frase «El Estado soy yo».

Tenía tal poder de convencimiento que con algunas cartas de recomendación y un plan detallado de su proyecto de exploración consiguió que el gobierno francés lo enviara, en 1876, a realizar investigaciones arqueológicas y etnográficas que debían culminar en una gran exhibición en el marco de la Gran Exposición Universal de París de 1878, una enorme feria en la que se mostraban los principales avances científicos y artísticos del mundo, del mundo según ellos. Y el expolio de decenas de antiguas civilizaciones.

Al llegar a Perú, Wiener recorrió zonas hasta ese momento poco exploradas. Por un hombre blanco, se entiende. Durante casi dos años, viajó primero por la costa, de Lima a Trujillo, para luego encaminarse a los Andes, desde Cajamarca hasta Puno y acabó su travesía en Bolivia. Al volver a Francia se nacionalizó francés y se convirtió al catolicismo. Hizo cosas buenas, como sus mapas de la sierra central peruana, considerados muy precisos; sus colecciones constituyeron los fondos del Museo de Etnografía del Trocadero, el Museo del Hombre o el Museo de las Colonias, antes de acabar en el Branly. Su expedición, inspiradora para muchos viajeros, fue considerada un éxito rotundo, pero en lugar de aprovechar el reconocimiento para seguir construyendo una carrera científica, tomó la sorprendente decisión de abandonar las exploraciones y hacerse diplomático. A partir de aquí me desentiendo un poco de su vida, me interesa menos. Pese a las sombras, la leyenda del antepasado viajero pasó de generación en generación con mucha pompa pero sin demasiado contenido. Nunca nos dijeron que el señor solo había estado en Perú dos años de su vida.

Si en febrero de 1876 desembarcaba en el puerto del Callao, debió conocer de manera furtiva a María Rodríguez en agosto de ese mismo año; debieron reproducirse en las semanas que Wiener pasó por Trujillo, una ciudad siempre cálida de la costa norte en la que había nacido María.

Carlos Wiener Rodríguez, mi bisabuelo, nació el 6 de mayo de 1877 cuando Wiener ya estaba en Bolivia. Hablar de estas cosas suele ser tan difícil en mi familia que para explicarlo usamos metáforas automovilísticas, como que fue un «choque y fuga», pero lo que prevalece por encima de todo es el silencio. María bautizó al pequeño Carlos, al parecer, cuando Wiener ya había vuelto a Francia. El chico no solo nunca conoció a su padre biológico, ni recibió una sola carta suya, tampoco le hizo demasiadas preguntas a su madre, las escondió en el fondo de sí mismo y no habló del tema con ninguno de sus diez hijos hasta que murió joven llevándose sus tribulaciones a la tumba y dejando el mutismo como su única herencia. El europeo dejó a un niño peruano que a su vez tuvo diez hijos, uno de los cuales fue mi abuelo que a su vez tuvo a mi padre, que me tuvo a mí, que soy la más india de los Wiener. Mi abuelo tampoco solía entrar en detalles sobre Charles, básicamente porque no los tenía. Es curioso cómo lograron en esa familia en tantos años hacer coexistir el orgullo por el patriarca y la vergüenza por su abandono en un solo gesto.

Si intentara hacer un resumen similar de mi vida habría que sumar a mi condición de migrante actual de una excolonia española en España, la naturaleza bastarda en la que me dejan las expediciones científicas franco-alemanas del siglo XIX, movimientos geopolíticos que me hacen, a la vez, descendiente del académico y un objeto arqueológico y antropológico más.

Soy la hija de la esposa. Lo digo así porque hay un libro de la escritora norteamericana A.M. Homes, llamado *La hija de la amante*. Yo soy lo contrario. Homes fue adoptada al nacer por una familia y más de cuarenta años después apareció su madre biológica, una mujer frágil y pusilánime que había renunciado a ella porque el hombre que la había embarazado, su amante, estaba casado. Es la reconstrucción de la historia de su verdadero origen. Ser la hija de la amante está muy mal visto, conlleva el estigma de la descendencia espuria y una marca de nacimiento que suele durar toda la vida. Hay niños que nacen bajo ese signo y ya adultos siguen habitando la sombra de la extraoficialidad, rechazados por sus familias, ignorados y destinados a formar sus propias familias también en la sombra. En la Grecia antigua los bastardos eran vendidos como esclavos, en Roma no tenían derechos de sucesión y vivían aislados, sin familia.

Se supone, en cambio, que ser la hija de la esposa está bien. Sobre todo si el esposo nunca deja a la esposa. Nadie cuestiona tu lugar en el mundo. Eres parte de la institución y del orden, aunque estos se subviertan cada tarde. Pero a mí me pasa todo lo contrario. Yo nunca le encontré la dignidad a ser la hija de la esposa. ¿Por qué querría ser la hija de la mujer traicionada si podía haber sido la hija de una pasión inevitable, de una relación clandestina, llena de atracción e imposibilidad? Eso me convertiría algún día en una bastarda orgullosa, como la que reivindica la boliviana María Galindo, me haría ser *la memoria que activa el conflicto*, el producto de algo *remoto y violento*. ¿Para qué intentar diluir la contradicción, para qué buscar la autenticidad, la paz, el mestizaje?

Además, si Carlos Wiener era el bastardo de Charles Wiener, toda mi familia es su bastarda, toda mi familia es la hija de la otra.

La bastardía corre por mis venas en las dos direcciones. El hermano más joven de Victoria, mi abuela materna, era en realidad su hijo, el hermano bastardo de mi madre. Mi abuela había tenido un bebé a los quince años, por lo visto con un extraño. No sabemos cómo, no sabemos casi nada, solo que Victoria se lo dio a su madre para que lo criara y comenzó todo este cuento de que era su hermano. Lo escondió y seguro lo sufrió en silencio. Murió sin decir una palabra de ello. Muchos pensamos que mi abuela tardó en morirse diez años por ese secreto.

Pero en cambio yo soy la hija de la esposa.

Me paso horas leyendo en su teléfono los mails que mi papá le escribió a la mujer que no es mi madre. Son los correos de un hombre desesperado. Casi siempre él escribe larga y poéticamente. Ella es bastante parca. Me da apuro leer sus respuestas cortantes y frías, mientras mi papá se desgañita buscando las mejores palabras. Que él solía ser romántico y afectivo en sus cartas eso ya lo sabía. He leído muchas que le escribió a mi mamá cuando eran solo dos jóvenes militantes de izquierda, enamorados de su vida y de la revolución. También era un padre amoroso en las cartas que nos escribía a mí y a mi hermana, contándonos de los niños campesinos que veía en sus viajes para encender en nosotras la llama del socialismo. Pero no tenía ni idea de que fuera tan apasionado. Mi padre ya era abuelo y seguía escribiendo como un adolescente turbulento.

Sufría, parecía sufrir de amor siempre, era un amante torturado que no encontraba nunca en los ojos de la amada toda la seguridad y el deseo que necesitaba. Vivía con un dolor terrible las traiciones de ella, su indiferencia o sus comportamientos erráticos. También, es posible, que solo fuera una etapa que acabó por diluirse, como todo en el enamoramiento, por fugacidad, por tanto arder. Nunca lo sabré.

Soy consciente de que intento construir algo con fragmentos robados de una historia incompleta.

Tengo, sí, los correos amorosos dirigidos a mi mamá, que enviaba siempre con copia a mi hermana y a mí. ¿Por qué lo hacía? ¿Quería demostrarnos que aún amaba a nuestra madre? Cuánto amor debió sentir mi papá por mi madre para no intentar una vida con la otra mujer que amaba. Cuánto por su amante para no dejarla y quedarse solamente con su compañera de toda la vida. Y, también, cuánto desamor podemos dar mientras creemos estar amando. Me gusta pensar que en su corazón ambos amores no se excluían, pero cómo estar segura.

No quiero ser injusta, sacar conclusiones por unos cuantos mensajes escritos hace ya años, muchos años antes de que enfermara y muriera, y para justificar mis propias elecciones.

Me estoy imaginando la vida amorosa de mi padre a partir de algunos hechos, algunas personas, algunos silencios, algunos mensajes. Acaso este acto de indiscreción violenta solo encubre mi propia cobardía para enfrentarme a la falta de argumentos, a que no tengo justificación.

¿Qué se rompió en mí en el camino? ¿Cuándo exactamente?

En una carta que le escribe a la otra le dice: «La primera vez que Gaby, mi hija, ingresó a tu casa, comentó que en mis ojos se veía que estaba enamorado y en tus actitudes que tú actuabas como si fueras mi mujer. Yo le pasé la mano por el cabello y sonreí por su franqueza al decir las cosas. Era 1996 y Gaby tenía veinte años. Desde los diez años había crecido con una referencia vaga a tu presencia».

Lo recuerdo. Él me acarició la cabeza y sonrió por mi franqueza. Yo me daba cuenta de todo y le hacía un guiño. Me aseguraba de que me siguiera amando a mí, sobre todo a mí; quería la verdad o no me conformaba con la mentira; pretendía que siguiera siendo mi padre, insinuando que conocía su secreto. Quería ser su cómplice y así, de alguna manera oscura, también yo traicionaba a mi madre.

Una de mis aficiones de niña era meterme en los cajones de mis padres y leer sus cartas. Supongo que así lo supe. Sé que está mal pero con los años solo se ha agravado mi vena de detective de casos familiares.

Cuando tenía diez años, contesté una llamada de alguien que preguntaba por él y decía: «De parte de su novia». Por aquella época me había venido la regla por primera vez y yo había pensado que me había hecho la caca encima. Cada tarde me tumbaba en el sofá a leer *Cien años de soledad*, el libro favorito de mi papá. Cuando era niña me recitaba de memoria en el desayuno fragmentos de la historia de los Aurelianos y los José Arcadios, gente importante envuelta en líos amorosos. Deduje que los enredos románticos eran una cosa muy natural entre hombres importantes. Yo leía y me calentaba con los pasajes más sexuales bajo la luz que filtraban las persianas casi cerradas del salón de mi casa, embelesada por las descripciones de personajes femeninos, a veces feroces, otras evanescentes. Sin embargo, aunque lograba abstraerme gracias a la ficción, la realidad me buscaba, me perseguía y acababa por encontrarme. «¿Cómo que una novia? Si él tiene una esposa...» Todavía puedo escuchar el eco de mi voz quebrada de niña luchando por sostener los últimos segundos de su lógica inocente antes de perderla para siempre. Escribo para responder a eso que me pregunté con un temblor antes de colgar el teléfono.

Cada día me envío a mí misma, desde su cuenta, los correos que escribió tanto a mi madre como a mi madrastra oculta. Más tarde olvido que lo he hecho y me sorprendo al ver en mi bandeja un nuevo correo de papá, con su nombre en negritas, sin abrir, y por un segundo, solo por un segundo, creo que de verdad me ha escrito, que me ha llegado un correo suyo desde la muerte.

En sus mails a veces habla de sus enfermedades. Papá se fingió tantas veces enfermo para volver a dormir con mi mamá sin que su novia sospechara, y viceversa, que terminó enfermando de verdad.

Tenía carpetas distintas, cada una con un nombre distinto de mujer. Ella y mi mamá tenían su propia carpeta con su nombre, llena de cartas, y había un par de nombres más, con dos o tres correos. Archivaba sus relaciones y sus comunicaciones con las mujeres.

Tenía un archivador del amor y otro del deseo. Qué curioso que lo que podía organizar en carpetas virtuales no podía organizarlo en la vida.

Al descubrirlo, no puedo dejar de pensar, de temer, de llorar, de encontrarme explosivamente con la naturaleza humana. Pienso en Jaime y en Roci, en sus vidas secretas, en las mías, en lo que siempre he temido, en lo que siempre he temido de mí. ¿Alguna vez podré dejar de sentir miedo? No me gustaría acabar siendo una carpeta con un nombre.

Todos tenemos un padre blanco. Quiero decir, Dios es blanco. O eso nos han hecho creer. El colono es blanco. La historia es blanca y masculina. Mi abuela, la madre de mi madre, llamaba a mi padre, al marido de su hija, «don» porque ella no era blanca sino chola. Me resultaba rarísimo oír a mi abuelita tratando con ese excesivo e inmerecido respeto a mi papá. «Don Raúl» era mi padre.

En la época en que los niños del colegio me gritaban negra como insulto encontraba refugio cogiéndole de la mano para que todo el mundo supiera que ese señor solo un poco blanco era mi papá, eso me hacía menos negra, menos insultable. Supongo que ahora que está muerto lo poco de blanco que hay en mí se ha ido con él, aunque siga usando solo su apellido, y nunca el de mi madre, para firmar todo lo que escribo.

Durante mucho tiempo pensé que lo único que tenía de blanca era ese apellido, pero mi marido dice que mi «mancha humana» es inversa a la de Coleman, el personaje del profesor universitario de esa novela de Philip Roth, que quiere esconder su negritud. Mi identidad marrón, chola y sudaca intenta disimular la Wiener que llevo dentro.

Mi madre ideó su propio mito sobre el origen de nuestra pequeña familia, la que formábamos mis padres, mi hermana y yo. Según ella esa leyenda está escrita en la naturaleza y en los mapas fluviales: hay un punto en la geografía del mundo, al sur de Perú, en la que un afluente del río Bravo se cruza con el río Wiener y su convergencia azarosa da como resultado el río Salud. Es muy difícil llevar una existencia tóxica con semejante profecía. Pero no imposible.

Ya de niña sabía que yo venía de dos mundos muy diferenciados, el de los Wiener y el de los Bravo, aunque fueran apellidos que convocaban ambos, forzando un poco, el triunfo y el aplauso. Las dos familias tenían orígenes relativamente humildes, pero en Lima es muy distinto ser pobre descendiente de ancashinos o monsefuanos, que pobre descendiente de europeos. Cuando en los años cuarenta los Wiener y los Bravo empezaron a formar sus familias vivían muy cerca, sin conocerse, en barrios populares del Cercado de Lima. Poco a poco, gracias al trabajo invisible de mis abuelas y al romperse el lomo de mis abuelos, ascendieron a los distritos clasemedieros de Jesús María y Magdalena, empezaron a comer mejor, a hacer algunos viajes por el interior, a nadar una vez al año en las lagunas de la Huacachina o en las fuentes termales de Churín, a ir al cine, a los toros o a la zarzuela, pudieron poner a sus hijos en colegios de curas y monjas, luego en universidades y darles una vida bastante digna. Mi abuelo Bravo era carpintero. Mi abuelo Wiener administrativo. Mis abuelas iban al mercado, cocinaban silenciosas y cuidaban a sus nietos con amor. Ni los Wiener eran basura blanca, ni los Bravo cholos de mierda, pero sus vidas corrieron en paralelo como solo pueden correr las vidas separadas por el color en la excapital del virreinato del Perú. Por eso, quizá, los Wiener consiguieron aferrarse como a un clavo ardiendo a la clase media estable y aspirante, mientras los Bravo siempre han hecho equilibrismo al filo del precipicio.

Hasta que un día esas vidas se cruzaron como dos ríos.

Mi padre fue el único que no se casó con una mujer mestiza blanca. Sus dos hermanos lo hicieron. El hermano de mi mamá se casó con una mestiza blanca. Mi mamá se casó con un hombre mestizo blanco.

Pero mi papá se casó con una chola.

Durante mucho tiempo, de niña y adolescente, quise sentirme más Wiener que Bravo, porque ya intuía que eso me daría más privilegios o menos sufrimientos, pero mis evidentes rasgos físicos, el color marrón que me hace india en España y «color puerta» en Perú, me hicieron una Bravo más. Cuando vine a vivir a Madrid y supe lo que quería decir sudaca no me sorprendí. En Lima muchas veces había oído asociar mi color de piel con el color de la caca.

Mis abuelos paternos eran tan blancos que no me sentía cómoda con ellos. Cuando murió mi abuelo blanco, mi abuela blanca empezó a tocarnos un poco más y a tirarse pedos mientras iba de una habitación a otra, salió del armario como católica simpática y me enseñó a tejer. Mi abuela chola me balanceaba en sus pantorrillas y me enseñaba a rezar, mientras le hablaba a mi papá como si le hablara al dueño de la hacienda, hasta que enfermó y comenzó a mandar a la mierda a todos. La abuela de mi madre, Josefina, tuvo seis hijos de hombres distintos. Mi mamá dice que esa fue la manera de Josefina de sobrevivir a la pobreza y al abandono, volver a juntarse con un hombre tras otro, para seguir ofreciendo un hogar a sus hijos. A causa de la fiebre de Malta, mi bisabuela pasó décadas de su vida en silla de ruedas tomando todas las decisiones sobre su familia desde ahí. Cuando era niña, visitarla era desconcertante. No entendía que siendo de la misma familia pudiera haber un abismo tan grande entre nosotros.

Me quedan aún días de duelo por delante en Lima pero no tengo ganas de ver a nadie. Ayer apagué el teléfono de papá por un rato. Siento que revisito los sitios que recorrí cuando aún no había perdido nada y ya no son tan familiares. A veces sale el sol y vamos con mi hermana y mi sobrino a tomar cremolada al Curich. Pedimos tres sabores distintos, de maracuyá, de lúcuma y de guanábana. Nada me hace tan feliz como la fruta congelada con azúcar. Sobre todo si hay un poco de sol escapando entre las placas de nubes que cierran el cielo de esta ciudad, el más injusto que he visto en mi vida. Y deseamos en secreto que pase algo que rompa esta calma, lo que sea, un trueno, el llanto exagerado de un niño, la noche. Hace días que mi hermana y yo ya no nos consolamos, solo dejamos caer las lágrimas y seguimos haciendo lo que estábamos haciendo. La sensación es de que la vida no nos dio tiempo de matar al padre, de construirnos a partir de ese simbolismo y estamos aquí, oteando en la paradoja de perder algo tan complicado como un papá mientras caminamos hasta el malecón, solo lo necesario para ver los parapentes tirarse al vacío, agitar su color sobre la nada. Parece sencillo, tomar impulso, correr y perder suelo. Elevarse. El mar turbio de Lima va y viene, llena mis ojos, los vacía. Mi sobrino nos mira desde su quietud oriental.

Por la noche me masturbo, devoro alguna porquería, bebo Coca-Cola, contesto mensajes de pésame con emoticones, chateo sobre cosas sexuales con gente que conozco poco. Me encierro con el libro de Charles en la habitación del fondo de la casa que alguna vez fue mi habitación y avanzo en la lectura incrédula de sus páginas; escribo mails a mis esposos en los que les cuento que no hago otra cosa que masturbarme en silencio y leer ese mamotreto, la biblia de la familia, en la que asuntos grandilocuentes como el pasado o la historia dependen de la única mirada de alguien que decide qué contar y qué omitir, una especie de Dios. Hay momentos en los que el contradictorio viajero se rinde ante la magnificencia del pasado inca, se subyuga ante los restos de su arquitectura y hace un esfuerzo por captar la complejidad del peruano del presente. Y otros en los que se regodea en su maledicencia.

Me gusta enviar por el grupo que tengo con mis dos parejas en WhatsApp mis pequeños hallazgos de citas atroces de Wiener, como cuando se refiere a los peruanos como gente con una «constitución abusiva» y «malsana», en los que pueden encontrarse «las causas nefastas de la momificación de este pueblo y del envilecimiento del individuo». Del indio autóctono dice «no supo morir, he aquí por qué el indio no sabe vivir». Y hace una cruel descripción del ciclo de su vida: «de niño no conoce la alegría, de adolescente el entusiasmo, de hombre, el honor, de viejo la dignidad».

Un visionario, me dice Jaime por el chat, y nos reímos como unos nazis, porque nos resistimos a ofendernos. Sería demasiado fácil. Porque Charles juzga a «estas momias indignas» desenterradas por españoles, o austriacos o franceses, o austriacos que quieren ser franceses, desde su topografía, pero nosotros nos juzgamos a nosotros mismos desde la ironía, sabiéndonos producto de esa confrontación. Es tan grotesco su ensañamiento que da risa. Si para algo tenía talento es para el insulto, digo yo. Y eso, por cierto, es algo que también se hereda. Hay escritores que devuelven belleza al mundo y otros que le gritan su fealdad. Si solo hay esas dos posibilidades, Wiener no es un escritor, me digo, es el troll de toda una civilización.

No sé por qué llevo a cabo este ritual, qué busco en la mirada de un observador externo, de un puto americanista. Pero entonces llego sin mucho entusiasmo a un pasaje muy bien contado que me engancha. De camino a Puno, y al pasar por una finca llamada Tintamarca, el propietario le sugiere a Charles llevarse un indio para dar a los estudiosos europeos una idea de esta raza. Wiener le contesta que conseguir un indio, más aún si es un niño, es una empresa muy difícil, que ha estado intentando hace días que algunos de ellos lo sigan pero es imposible. El otro hombre le aconseja entonces que lo compre: «Dé usted unas piastras a una pobre chola que se muere de sed y que hace morir de hambre a su retoño; se trata de una india horriblemente alcohólica. A cambio le regalará a usted a su pequeño. Hará usted, además, una buena acción». Wiener va en busca de la mujer y su hijo, le pregunta al niño cómo se llama y esta le contesta que Juan, le pregunta si tiene padre y le contesta en quechua que no. «Muy pocas veces he visto un espectáculo más repugnante —escribe Wiener—. Esta madre, joven aún, roída por todos los vicios, y el pequeño ser que no tenía otra ropa que un poncho que apenas si le llegaba a la cintura. Tomé una decisión.» Despertó a la madre, que se había quedado dormida, y «efectuamos el intercambio de "regalos" proyectado. Exhorté al niño a despedirse de su madre; parecía no entender qué le solicitaba; pero la madre comprendió muy bien, y, con su mano temblorosa por el alcohol, hizo la señal de la cruz en su hijo. Tuve un estremecimiento de disgusto al ver tal bendición del vicio; puse al pequeño sobre una mula. (…) Y henos en marcha. El pequeño Juan comprendió entonces y se creyó obligado a lanzar algunos alaridos. Le pregunté qué quería. ¿Piensan ustedes que pidió regresar al lado de su madre y no dejar su tierra y seguir salvaje como era? Nada de eso: ¡me pidió aguardiente!».

Tomo un buen sorbo de Coca-Cola, el gas me lastima la garganta como pequeños cuchillos y leo el pasaje por segunda vez pero en voz alta. Cuando lo hago, mi voz suena ajada, irreconocible. Estoy estupefacta.

Wiener compra por el camino un niño indígena a su madre. Y no solo la despoja de la criatura sino que la brutaliza en el relato de su propio mito del salvador blanco. Va enhebrando la leyenda de su bondad superior mientras convierte la posibilidad de ayuda en violencia y reafirmación narcisista. Culpabilizar a la madre, además, siempre ha funcionado para perpetrar el robo de niños. Lo haga un padre, un Estado democrático o una dictadura, y ya sea en jaulas fronterizas americanas o quitando las custodias de sus hijos a madres migrantes en las costas europeas. Como si hacerlos cruzar el mar o el desierto fueran impulsos maternales de muerte y no de vida. Como si la resaca alcohólica y harapienta de esa mujer indígena no hubiera seguido a la borrachera de poder de unos tipos barbados montados en bestias. Y aún Wiener se las ingenia para dedicarle algunos agravios inspirados en el asco.

Jamás escuché de un niño comprado, o debería decir robado por Wiener, no sé por qué no lo mencionaron ni mi tío historiador, ni mi padre, ni está en ninguna de las biografías a mi alcance. Es apenas una nota a pie de página de su largo periplo. No lo sabían o no le dieron importancia. La sola existencia hipotética o real de Juan desencadena una lluvia de imágenes de vidas posibles, propias y ajenas, en el horizonte.

En su libro, Charles cuenta cómo volvieron de Puno a Cusco, cómo al paso de un tren se da cuenta, admirado, de que Juan no ha visto uno en su vida y empieza a llamarlo con una frase quechua que este traduce como «esta calle que se mueve y humea». Repito la frase que enamora al europeo varias veces, imagino a Juan, con su poncho colorido, caminando dentro de un tren como por una calle en movimiento que echa señales de humo, de la mano de un señor que lo aleja de las metáforas.

Enternecido por la ignorancia y el candor del niño, según su propia confesión, Wiener decide llevárselo a Europa, a Francia, para comprobar si criado lejos del mundo indígena logra remontar la barbarie. «Desde entonces —escribe mi tatarabuelo en su diario de viajes— he seguido con atención el desarrollo moral e intelectual del niño, que ahora comprende el francés y se hace entender. Es muy inteligente y lo que se acostumbra a llamar bien educado. Me ha dado la prueba de que esta raza, para progresar, no tenía necesidad más que del ejemplo y de la enseñanza.»

Juan no es una pieza de cerámica que extirpar de los escombros, ni es de oro y plata, ni siquiera es la momia raquítica de un niño para exhibir lejos de los volcanes, en un museo, pero también viaja entre los enseres del divulgador cuando cruza el charco. Es parte de ese grano de arena que ha puesto Wiener en la transformación de lo que se entiende en Europa por Historia. Es parte de su *mission*, que no es la de los conquistadores, ni la de los descubridores, es la de los viajeros científicos que buscan «volver a encender el sol de los incas, brutalmente apagado por la cruz española». Si hay un estado de ánimo que recorre su libro, es el de la incredulidad de ver cómo ese maravilloso pasado, edificado por esos pueblos, ha mutado en ese mundo «tan mezquino, tan pobre, tan pequeño». Porque «fueron aniquilados, juzgados y condenados como bárbaros». Por eso en sus apuntes Wiener asegura «haber entregado al Estado» francés, tan humanista e ilustrado en comparación al bruto español, las colecciones reunidas a lo largo de su misión «en cuanto bienes que le pertenecen». Juan es eso mismo, un bien para Europa.

Es 1877, nos acercamos al siglo xx, y mi pariente europeo no puede evitar civilizar todo a su paso.

Cierro el libro, tiene tantas páginas que hace ruido al caer para un lado, exhala su antigüedad y es como si un viejo me hubiera soplado su mal aliento en la cara. ¿Tendría Juan los ojos tan pequeños y ardientes como los míos cuando vio todo esto por primera vez? Es raro, sé que llevo en mis venas la sangre de Charles, no la de Juan, pero es al adoptado a quien siento de mi familia.

Mi abuelo se llevó consigo un niño indígena para ponerlo en una vitrina como hicieron con King Kong. Dicen que los «indios» que eran llevados a Europa no sobrevivían mucho tiempo. Yo ya llevo quince años y me parece un milagro.

En la familia no hay una sola foto de María Rodríguez. Nunca sabremos cómo era su cara. A la mujer que inicia la estirpe de los Wiener en el Perú, la que llevó un embarazo solitario y amamantó a un semihuérfano, a ella se la ha tragado la tierra. Así como se pierden durante años bajo la arena los rastros de un mundo anterior. Reunir esos materiales dispersos por una geografía, salvar aquello que no ha carcomido el tiempo para tratar de reconstruir una imagen fugaz del pasado es una ciencia. Huaquear, en cambio, es abrir, penetrar, extraer, robar, fugarse, olvidar. En esa brecha, sin embargo, algo quedó dentro de ella, se implantó, germinó fuera del árbol.

Una de las primas de mi padre me contó lo único que sabe de María. Bajita, de pelo negro, cuando conoció a Charles ya era viuda y madre de una niña. Busco en el libro de Charles algún rastro de su encuentro con María. Algo, por mínimo que sea, un guiño consigo mismo y con el futuro, un dato extraliterario, fuera de la historia, que pueda dar cuenta de la experiencia, de alguna emoción, de un destello de deseo. Me pregunto si fue consentido o no, si fue un flechazo, una aventura, un mero trámite. Sé que es inútil, no parece algo de lo que pudiera sentirse orgulloso. Trujillo, la ciudad de María, le recuerda a la Edad Media, por su «ritmo sosegado» y su «catolicismo pintoresco». Le llaman la atención las mujeres norteñas y ensaya una tipología. Las indias de esta zona, las moches, le parecen originales, curiosamente bellas, de aire altivo y majestuoso, «que difiere del andar ordinario de las mujeres de esta raza», con sus trenzas bien peinadas y un seno moreno brotando de sus blancas camisas. Las mestizas, en cambio, «son desagradables por su preocupación por imitar las costumbres de la ciudad». Las negras «son francamente horribles, desaliñadas en su ropa, innobles en sus movimientos; sus vestidos se reducen a una camisa y una falda tan sucias como sus personas». Las casadas «son a menudo adúlteras».

Diga lo que diga de las mestizas siempre pensé que María debió ser una. Tengo una foto borrosa de su hijo Carlos y no parece el hijo de una indígena del norte, cuya visión deleitaba frívolamente a Charles.

Me concentro en su escritura inspirada en las viudas porque María era una: «Las viudas lloran la muerte de sus maridos con un aire que se ha convertido en cantos de circunstancias, como el treno antiguo; recuerdan los regalos, *capuz*, *collar*, que el difunto les había hecho, y la descripción minuciosa de todos esos objetos sirve de letra a la triste melodía de su lamentación. Sentadas en el umbral de sus puertas, con un vaso de chicha en la mano, inician su canto, que va en crescendo al influjo de la bebida y se apaga disminuyendo en la embriaguez».

María canta melancólica en la puerta de su casa y ve pasar a Charles. Le invita a un vino. Esa imagen que viene del planeta de la especulación, tan falsa como posible.

Intento componer con restos extraviados e inmateriales, estableciendo diacronías caprichosas.

Cuento apenas con este yacimiento, la placenta aún tibia en la memoria de lo único reseñable en la vida de esa mujer, haber sido un eslabón en la cadena del mestizaje. Cuando se sabe tan poco es porque nunca se ha querido saber, porque se ha mirado a otro lado con incomodidad y no mirar es como borrar, invocar la tormenta de arena sobre la huaca sin ceremonia, una erosión progresiva. Hasta que el período de latencia termina. Y nos vemos dispuestas al hallazgo. Aprendemos que los huesos no se lavan con agua. Que hay que soplar dulcemente sobre las grietas y laberintos óseos. Contar los anillos de crecimiento de un árbol seccionado. Lamer la gota brillante de resina roja de todos los ojos cerrados y muertos. Verter algo radiactivo sobre la arcilla y ver aparecer en letras ardientes el Tiempo como un baile de máscaras.

Tenía todas las papeletas para ser olvidada, le faltó al lado un hombre que no se fuera para tornarse sedimento, y, me lo invento, su última oportunidad se la llevó un barco. Sabemos todo de él pero nada de ella. Él nos dejó un libro, ella la posibilidad de la imaginación.

Yo sé muy bien de lo que habla Charles cuando celebra la asimilación, la exitosa reeducación de su indiecito. Cuando quiere demostrar que en otro contexto y con otra instrucción podría ser casi una persona más. Lo escucho un día cualquiera. Enciendo la radio mientras cuelgo mis calzones húmedos a los que ahora llamo bragas. Y oigo a un político español decir que oye, lo mejor que le puede pasar en la vida al migrante de América del Sur es que su hija se case con un español. Y lo escucho y suena como si estuvieran intentando hacernos un elogio. Un español para casarse bien. Para intercambiar algunos de sus yugos por matrimonio e integración.

Amiga, aprovecha, borra tu identidad por un lugar en la mesa de Pascua. Es tan perversa la relación que tiene históricamente cierto español con la migración de sus excolonias americanas, y en especial con las mujeres, que duele que las trabajadoras que cuidan aquí para dar vida allá, obligadas a dejar a sus hijos para cuidar los ajenos, a sus madres y padres mayores para cambiarles los pañales a señores como el político que habla, deban soportar sobre ellas esas miradas llenas de condescendencia y desprecio por sus vidas.

En realidad, somos todo menos la esposa con la que soñaron.

¿Qué pensaría Charles de mí si me vièra ahora? ¿Me acercaré al menos en parte a ser la culminación de su proyecto civilizador o seré, más bien, otro intento fallido? La india que vino a estudiar a Europa y no aprendió nada. La que vino con su esposo cholo y se enamoró también de una mujer blanca que practica el amor libre.

Desde que vivo en España, me encuentro por lo habitual con gente que me dice que tengo «cara de peruana». ¿Qué es la cara de una peruana? La cara de esas mujeres que ves en el metro. La cara que sale en la *National Geographic*. La cara de María que vio Charles.

Mi cara es muy parecida a la de un huaco retrato. Cada vez que me lo dicen me imagino a Charles moviendo el pincel sobre mis párpados para quitarme el polvo y calcular el año en que fui modelada. Un huaco puede ser cualquier pieza de cerámica prehispánica hecha a mano, de formas y estilos diversos, pintada con delicadeza. Puede ser un elemento decorativo, parte de un ritual u ofrenda en un sepulcro. Los huacos se llaman así porque fueron encontrados en los templos sagrados llamados huacas, enterrados junto a gente importante. Pueden representar animales, armas o alimentos. Pero de todos los huacos, el huaco retrato es el más interesante. Un huaco retrato es la foto carnet prehispánica. La imagen de un rostro indígena tan realista que asomarnos a verlo es para muchos como mirarnos en el espejo roto de los siglos.

Mi cerámica favorita es la mochica, la más sofisticada por su capacidad para hilar un relato como un cómic tridimensional de esculturas cuadro por cuadro. Son las series de televisión de la antigüedad. La especialidad de los moches son las esculturas de dioses degolladores y los huacos eróticos son su cine porno, el kamasutra andino. Follar y cortar cabezas, no hay mucho más en esta vida. Mi abuelo Félix, el padre de mi mamá, nació en esa zona, al norte de la costa peruana. Por eso la primera vez que le enseñé a mi novia española la serie de huacos eróticos creyó verme en todas las mujeres de barro que tragan penes más grandes que sus cuerpos, gozan a cuatro patas y paren niños.

Hay algo en esta mezcla perversa de huaquero y huaco que corre por mis venas, algo que me desdobla.

Mi padre usaba un parche en el ojo derecho. Por lo visto lo usaba, porque yo jamás lo vi. Me lo acaba de decir la mujer que no es mi madre. La llamo un día desde el mismo teléfono de mi papá, que ahora es mío, y quedamos en vernos en una pastelería. Voy y me siento a esperarla pero nunca llega. Se le ha agotado la batería y no podemos hablar hasta mucho después. Sí, estuvo ahí, pero yo no, porque me confundí y acabé en el restaurante vecino. Ella me esperaba a mí y yo a ella, cada una en una mesa solitaria, una a cada lado de la calle, como dos cuadros de Hopper colgados frente a frente. Nos vemos al día siguiente en el mismo lugar, esta vez sí, nos abrazamos, y me dispongo a escuchar su historia.

Ella no puede creer que yo jamás hubiera visto a mi padre con un parche. A mí me cuesta aceptar que él por las noches fuera Ojo Loco. Lo que yo recuerdo de él son sus dos ojos pardos diminutos abrirse y cerrarse detrás de sus gafas y el periódico abierto, como un muro infranqueable. Pero en su otra existencia, la que ocurría a pocos kilómetros de la que compartía con mi madre, mi hermana y yo, él usaba un parche en el ojo, como un pirata fuera del mar. Y así conducía, almorzaba en otra mesa, hacía la siesta en otra cama, llevaba a una hija que no era yo al colegio e iba al banco. ¿Ella le creía? Me mira con algo parecido a la melancolía, aprieta una servilleta sobre sus labios y baja la cabeza. Quería creerlo.

La ficción del padre podría metamorfosearse en la no ficción de la hija escritora de no ficciones. La mentira impulsa la búsqueda de cierta verdad. ¿Cómo se llega a ese punto? ¿Cómo pudo? ¿Qué ánimo lo poseía? Son preguntas de estupefacción, en realidad balbuceos.

El parche era, digámoslo así, la coartada de un infiel, la más absurda que alguien podría inventar y también la más absurda que alguien podría creer, pero funcionaba. Probablemente porque la doble vida del adúltero pertenece al género fantástico y en ese universo los cerdos vuelan y los padres fingen una discapacidad. Ese es el pacto con el testigo: hay que acomodarse a las reglas de verosimilitud de los amantes, que no son las del mundo normal en el que vivimos. Es verdad que sufría de hipertensión pero la enfermedad ocular no era más que un invento. La exageración de sus males y su expresión tangible en el medio de la cara, el disfraz como permanente recordatorio de un dolor que estaba en realidad en otro lado, le servía para justificar sus ausencias.

Mientras duró lo del ojo, a la mujer que no era mi madre le solía contar que las noches sin ella las pasaba en un cuartito de hospital acondicionado especialmente para el cuidado ambulatorio de su retina mientras en realidad dormía con los dos ojos cerrados en la cama que tenía con su esposa, mi madre. Más tarde, podía inventarse viajes de un lado y del otro, y así permanecer días, incluso semanas fuera de una de sus dos casas, pero cuando tocaba volver a ambas se ponía o se sacaba el parche del ojo, según su localización. Cuando estaba con nosotras parecía poder ver con los dos ojos, pero cuando estaba con ellas había un lado de la vida que no quería mirar. ¿Dónde lo guardaba? ¿En la guantera del coche? ¿En su bolsillo? Me hubiera gustado encontrar el parche en su escondite, probármelo un rato en el espejo. Me encantaría hacer algo con el parche en el ojo de mi padre. Siento que el parche es algo más que un parche. Y esa corazonada guía mi voluntad. De alguna manera entiendo la escritura como ese movimiento de ponerse y sacarse un parche. De hacer funcionar la estratagema. Y de hacerlo sin inocencia, con una sensación a veces hasta sucia de estar metiendo la vida en la literatura o, peor, de estar metiendo la literatura en la vida.

Como dice Angélica Liddell, después de haber escrito sobre una misma no queda nada más en el mundo sobre lo que escribir.

Durante treinta años vivimos en la isla del pirata pensando que éramos las únicas habitantes hasta que empezamos a sospechar que no estábamos solas, que al otro lado mi padre había construido una réplica exacta de nuestro mundo. Pero por alguna razón no podíamos movernos para comprobarlo. El camino hacia el otro lado estaba lleno de trampas. Si intentábamos cruzar aparecían los monstruos, las tentaciones, las minas personales te hacían perder las piernas. Una familia es una isla ficticia sobre un mar de realidad. Y esta organización deficiente inventada por mi padre no desafiaba el orden, solo lo reproducía y le obligaba a someterse a sus esclavitudes por partida doble: dos parejas, dos familias y dos casas paralelas. Cada campamento y su parentela estaba constituido a la manera tradicional y aprobado por su pequeño entorno. La incomunicación era primordial.

Su comportamiento en todo este tiempo fue para nosotras sus hijas inexplicable. Desde el cielo alguien podría haberlo visto correr incansable con su bigote, de un lado a otro de la isla y habría jurado ver a un personaje de videojuego que en lugar de matar criaturas saltando bloques debe llegar por la mañana con el pan del desayuno a sus dos vidas y por la noche acostar a las chicas con un beso. Aquello suponía para él una laboriosa inversión de energía en evitar ser descubierto y seguir hilando la mentira como un niño loco con un ovillo de lana, sin darse cuenta de que era él quien estaba atrapado en esa seda peluda y pegajosa. Y, bueno, también nosotras. Cualquiera de las dos mujeres podía ser la oficial. Cualquiera la otra. No sabíamos a ciencia cierta quiénes eran las reales y quiénes las inventadas, pero todas nos creíamos únicas. Él, en tanto, no podía dejar a nadie, tampoco acababa de irse.

Observo con atención a la mujer que no es mi madre, debe tener unos veinte años menos que la que sí lo es. Pienso en eso, es más joven, es más suave, es casi más dulce, habla más bajito. Pienso: por eso le gustaba. Pienso: no las compares, no lo hagas, tú no lo haces cuando amas. No le he dicho a mi madre que venía. ¿Es esta mi propia cita clandestina con la otra, mi defensa del derecho al misterio? Yo, que quería dedicarme a la belleza, me siento como un gusano, arrastrándome por un poco de información y de culpa, que no me pertenecen, dispuesta a ser la única en la sala capaz de sentir vergüenza de sí misma. Me han salido cuernos a mí también. Los acaricio y acomodo allá arriba como se centra una corona que duele. Soy una enorme cabeza de venado cortada sobre el plato. Cuántas veces estuve así, frente a frente ante mi mamá, escamoteando esta parte de la historia, la parte de la historia con la que hablo, con la que me tomo una cerveza, para no hacer sentir a la madre acorralada, obligada a responder si lo sabía o no, si fingía, si estaba en una guerra, si tenía una rival, si ya había perdido. Me ha tomado minutos hablar con mi no madre de lo que aún no me atrevo a hablar con mi madre.

Por ejemplo que sí había un punto en que ambos campamentos inaccesibles de la isla se tocaban. Ese punto era ella, la tercera hermana inesperada. Mi hermana de siempre y yo la vimos por primera vez en un parque llamado la Pera del Amor, cuando tenía un año, después de descubrir su foto en un maletín de papá y tirársela a la cara. Son iguales. Nos la presentaron como la hija de mi padre de una relación pasada sin importancia y, aunque nunca vivió con nosotras, todos estos años ha sido parte de mi familia. Mi hermanita pequeña, la hija de la amante, tan tímida y sonriente, con sus enormes ojos atentos, llorando despacito cuando parecía que no entendía nada pero lo entendía todo. La única que supo año tras año lo que pasaba, la que por ser una niña pequeña tenía salvoconducto para ir de casa en casa, y por eso podía ver en la mía la foto enmarcada de su padre vestido de novio del brazo de mi madre. El trato amoroso entre ellos, tan amoroso como el que se prodigaban sus padres. Pudo así acercarse a los matices. Y elaborar una sabiduría propia y secreta para sobrevivir en ese lugar demencial en el que la había colocado su padre. Y decidió cargar sola con la verdad, para no afectar a nadie, guardar silencio por todas, incluso por él, cuidándose de que no descubriera que ella sabía que le mentía por amor o estupidez.

Ya enfermo, papá aún conseguía llegar a duras penas a una casa para cenar y a la otra para ver la telenovela turca. Y estar entre sus hijas, sin dejar a ninguna atrás.

No, jamás lo vi con un solo ojo, le digo alucinada. Ella ríe. Antes de despedirnos le entrego la urna que me pidió, con un tercio de las cenizas de papá. Mi madre echó ayer las suyas al mar. Mi tercio me lo llevaré a España.

Una noche por fin salgo de casa. Sin expectativas. Voy de un bar a otro del centro de Lima y en uno encuentro a un grupo de viejos amigos periodistas en torno al cual gravitan otros más jóvenes. Un tipo con una cara preciosa viene a mí y me dice Gabriela Wiener. Escucho ese apellido otra vez. Es mucho más joven que yo pero intenta seducirme diciéndome que escribo mejor que Leila Guerriero. Lo consigue. Sabe demasiado de cronistas, o sea sabe demasiado de mí. Entre los periodistas —y él lo era— los cronistas tenemos algunos privilegios, somos como la primera clase de la prensa, redactores pajeros, artistas de la información, no somos escritores pero Dios nos libre de ser solo periodistas. Para neutralizar ese ruido de fondo hago algo que he dejado de hacer hace muchos años porque hace muchos años que dejé de complacer solo por complacer a los hombres: se la chupo en la calle, y quizá en el mejor lugar en donde alguien podría chupar una polla, detrás de las estatuas de los leones del Palacio de Justicia. Por culpa de Henry (Miller) tengo una debilidad por el sexo con estatuas y por culpa de los mochicas por los huacos eróticos.

Sé que es demasiado audaz para estar de luto pero lo hago. Me siento pequeña en ese gesto humano dándose a los pies de un edificio monumental. Como en esa escena de *El planeta de los simios* (la mala) en que se descubre que Abraham Lincoln fue un mono.

Al día siguiente vamos a un hotel, hablamos de mi padre, y de la muerte. Nos damos cuenta de que hemos leído los mismos libros tristes y eso nos da la sensación de tener mucho en común, aunque sea una coincidencia tétrica. Llevo semanas lejos de casa, necesito sexo como un animal horrible e insaciable. He llorado tanto por mi viejo que estoy lubricada como para ser penetrada por un batallón. Decido no contárselo a Jaime y a Roci. Para qué, si es un desahogo, como sonarme los mocos con un pañuelo. Pero vuelvo a verle, empiezo a ver al chibolo casi cada día. Y cuando no estoy con él estoy chateando con él, en ese paréntesis que me ha abierto la muerte, jugando con el tiempo como una millennial fake, y ya no sé cómo explicar a mis esposos mis ausencias, mis distracciones.

En Madrid me espera todo aquello con lo que he soñado desde siempre: el trío, el poliamor, el amor de una mujer, el de un hombre, mi hija, una vida de escritora. Un plan cerrado, sin fisuras. Pero mientras más disidente me presumo, más instalada en el establishment me encuentro. Mientras más predico la sinceridad amorosa con los otros dos, más les miento. Mientras más cerca estoy de volver más quiero escaparme. ¿Qué es esto? ¿Mi despedida de soltera o mejor dicho, de casada, eso, mi fiesta de despedida de casada, un último intento de aferrarme a la heterosexualidad, a la infidelidad en monogamia, a la infelicidad? O es la constante tentación del fracaso, la zancadilla que me pongo porque estoy sola y triste y asustada. No es ni un enamoramiento fulminante, ni un amor inoportuno, ni un arma arrojadiza, sino el poder de perpetrar pequeños e innumerables atentados contra mi propio puesto fronterizo. La libertad de quitarme todo, de vaciar la carga y tragarme la bala.

Nunca he estado más cerca de encarnar ese verso de Sharon Olds: «Me he convertido en mi padre». Eso, cómo voy a contarles eso.

Me veo intentando hacer encajar mis tres turnos, de esposa, madre y amante a todas horas y en dos países distintos. Pero debo admitir que mi vida es mucho más fácil que la de mi padre. Mis esposos no están aquí. Por ahora. Solo tengo que cambiar algunos datos, contestar algunas llamadas, desviar algunas preguntas. Si no hay duda, si la decisión de ocultar algo es firme, la mentira protege.

Cada día progresa el delirio con mayor profusión, se desborda. Un día le digo al niño: ¿Y si formamos una gran familia con mi marido y mi mujer, contigo también? Río con mi travesura. Me emociona vivir con un arado en una mano y una antorcha en la otra. Hago experimentos imaginarios con combinaciones peligrosas. Construyo una pequeña bomba. Le propongo jugar, entrar al poliamor, pero lo hago incumpliendo todas sus reglas. Y estos días a su lado se convierten en una sucesión de breves reflexiones sobre todo lo que no seremos, nuestra diferencia de edad, los límites de la distancia geográfica, lo sexy de la imposibilidad. Él es un recién llegado, mientras yo juego a qué sucedería si dejara por él todo lo que me ha costado años poner en pie. Como estar casado y pedirle matrimonio a alguien, que fue exactamente lo que hizo mi padre. Sé que no lo haré nunca. Que solo estoy esperando que sea real para él para quitarme la máscara y enseñarle la cámara escondida. Y aun así, sin convicción, tejo el vínculo defectuoso entre nosotros, tiro de la lana del ovillo, de la seda pegajosa, el mismo puente que suelo construir entre mi subjetividad y el resto del mundo, para hacerlo lidiar también a él con mis inseguridades. Pobre, lo hago responsable de mí. Me paso horas mostrando incredulidad ante sus sentimientos imberbes, que no son exagerados y dolientes como los míos, y por eso me saben a poco. No cae en mi trampa. Peleamos mucho y eso me hace sentir más cerca, más comprometida. Jugamos a la fidelidad dentro de la infidelidad, como mi papá con su amante: «Si al volver lo haces con otro que no sea Jaime te jodes». Otra vez descubro cómo me enganchan del amor sus formas reconocibles, tóxicas. Juego a que es verdad, pero en realidad hay en este ejercicio más verdad sobre mí que juego. Una constatación aún más terrible. Y como en toda relación inesperada, hay un gran componente de narcisismo.

Cómo voy a contarles esto.

En medio de ese romance impertinente se me ocurre un reto: la idea es plantear qué nos gustaría que pasara y qué es realmente lo que va a pasar con nosotros. En mi turno confieso que lo que me gustaría es que él se enamorara de mí de verdad; conseguir tener una relación abierta y sana con mi marido y mi mujer, y que estos puedan a su vez tener otras relaciones, aparte de la que tienen conmigo, y que yo sea capaz de asumirlo con cordura, como ellos asumen la mía con mi nuevo amor. Finalmente, completo la lista de cosas que me gustaría que pasaran diciéndole que volvería a vivir en Perú. Pero lo que va a pasar, digo, es que mis esposos me descubrirán y me dejarán. Entonces, cuando eso ocurra, tú, le digo, también me dejarás.

No recuerdo sus predicciones y ya no importan.

Un día no aparece en nuestro chat nocturno. Pasan muchas horas y nunca llega. Le escribo ansiosa por todos los canales, lo llamo mil veces, hasta que por fin contesta. Mi hermana ha muerto, me dice. No me da más detalles, o los da a cuentagotas, a lo largo de la mínima comunicación que tenemos después de ese día y los siguientes. Su hermana, la que sufría depresión, ha muerto en la habitación de al lado. Él había tratado de despertarla, había llamado a la ambulancia, pero las pastillas detuvieron su corazón. Se ha suicidado mientras nosotros chateábamos, pienso. Es posible que me lo esté inventando todo por mis ansias de protagonismo en una historia de la que no formo parte. Si yo me siento culpable, no sé cómo él puede aguantarse a sí mismo.

Entonces se esfuma de mi vida. Me duele y me siento una cretina. ¡Cómo me atrevo siquiera a lamentarme! Él ha perdido una hermana. ¿Cómo acompañar en el dolor más profundo a alguien con el que no tienes en realidad nada profundo? ¿Acaso él ha podido hacerlo conmigo? Lo que había entre los dos a duras penas soportaba el realismo, ¿cómo haríamos con la muerte?

Cómo voy a contarles esto.

Pero una noche, un día antes de volver a Madrid, acepta verme. En su casa solo está su padre, pero nos escabullimos hasta el segundo piso.

Me lleva a la habitación de su hermana muerta. Está igual

a como la dejó, me dice. Allí, en esa cama donde nos acabamos de sentar, la vio morir hace unos días. Me guía por una especie de tour por su memoria, me enseña cada uno de sus tesoros, sus libros, sus discos. Me cuenta que desde su muerte en esa habitación ocurren extraños fenómenos: Microlluvias, pequeños sismos, permutación de sus objetos queridos. Pero aún queda el último acto: pone una antigua película en DVD de su infancia para que la veamos juntos. En ella, los hermanitos corren en el campo, durante un viaje familiar. Todo es tan infinitamente triste que él tiene que salir de ahí. Yo también. Vamos hacia su habitación.

Las paredes de su cuarto están cubiertas de pósits con las citas más tristes de los libros más tristes del mundo. Parecen pequeñas tumbas de colores, fucsias, amarillas, sobre un campo santo. Los ha pegado por todas partes, no solo sobre el escritorio, también sobre la cabecera de su cama y en el techo. Me tumbo en la cama, mirando los papelitos como se miran los *stickers* de estrellas que brillan en la oscuridad sobre las camas de los niños, reconociendo algunas frases, pensando una vez más en mi papá muerto. Y tenemos el peor sexo en la historia de los pósits. Y me aferro a la creencia de que no hay nada mejor que el peor sexo para olvidar a alguien. Para dejar de ser la fantasma que sigue al fantasma que sigue al fantasma.

No sé cómo voy a contarles esto pero lo haré. Se me acaba el tiempo para viajar de la muerte a la vida. Así como llegué demasiado tarde, un día desaparecí. Ser migrante también es vivir una doble vida. Es vivir con un parche en el ojo. Es suspender una de ellas para ser funcional en la otra. Superar el duelo, eso es lo que toca, tomar un avión e irme del duelo. Para afrontar otro duelo y encadenar esta pena al desconcierto.

SEGUNDA PARTE

Ahí está Charles, impecablemente vestido en el día más glo-rioso de su vida. El día de la inauguración de la Exposición Universal en París. Una sala, una de las mejores, para él solo y sus tesoros. Son tantos que van a tener que hacer un museo especial para semejante cargamento. El mundo se lo agradece. Va a pasar a la historia por su coraje, perseverancia y ambi-ción. Él mismo hace el recuento mental de méritos. Me lo imagino acariciándose el bigote espeso mirando a los dos lados del Sena con esa intensidad con la que mira en las fotos, como en aquel retrato tomado en las faldas del monte Illimani, en Bolivia, rodeado de los guías locales y cuatro burros, des-pués de, según él, haber subido, bajado y renombrado uno de sus picos como pico París. Parece Nietzsche en los Andes, dispuesto a soportar mucho más la mala conciencia que la mala reputación.

Curiosamente, también aquí parece alguien por completo fuera de lugar, reubicando sus coordenadas en un mundo aje-no pero en perfecto control de lo que ocurre. No tiene ni treinta años y es el centro de todo. Al menos él se ve así. Está haciendo algo importante. Ya no solo lo sospecha.

Pero hoy, hoy se consuma su revancha. Le ha costado mu-cho llegar hasta aquí, hacer que los franceses lo sientan uno de ellos, que lo llamen Charles y le crean que es, por fin, desde hace unos días, un católico converso. El Evangelio leído, hechas las oraciones, recibidos los sacramentos. Todo aquello que rumió en silencio en años de trabajo para acumular demostraciones de su valía, no importa a qué precio, de pronto se escucha, se expande, se reconoce. Esta tarde siente cómo se relaja su cuerpo, en especial su mandíbula, deja de morderse la carne interior, abre un poco la boca, permite que entre el aire y así libera una tensión antiquísima, cierta rabia incomprensible, el dolor de no ser, siendo.

Las fotos de los vestigios traídos por él en barco desde otro continente, las huellas de otras civilizaciones ahora imborrables gracias a su gesta están ahí, pero también se proyectan sobre placas de vidrio en un derroche de modernidad tecnológica para la época. El urpu, el aríbalo, el cántaro incaico de decoración vegetal y felina del que está tan orgulloso, parece suspendido en el aire, con su vientre abultado, su cuello largo, sus dos asas y su aguijón en perfecto equilibrio sobre la base. En el pie de foto se habla de sus labios abocinados como si hablaran de una mujer.

El Champ-de-Mars bulle de expectación ante el explorador más celebrado del momento en los círculos científicos. Casi se disipa por completo el olor a pólvora de la derrota francesa en la guerra franco-prusiana. No hay un alemán a la redonda. Dentro de diez años, sobre los restos de esta misma explanada se levantará la torre Eiffel. Wiener no lo sabe pero cerca de ahí Victor Hugo dirige un encuentro sobre derechos de autor. Y empieza la historia del copyright. Es mejor que no lo sepa. Las bombillas eléctricas acaban de inventarse e iluminan toda la avenida de la Ópera, entre la exposición de la cabeza de la Estatua de la Libertad y el teléfono de Graham

Bell. Un cuadro de Juana la Loca recibe mimos y atenciones. Cerca de ahí, en el pabellón peruano, dos personas vestidas de supuestos guerreros de la cultura tiahuanaco son retirados del portal de la muestra por pedido expreso de la colonia peruana en París que, ofendida, niega que los peruanos sean así de pintorescos y afirman vestir con diseños de sastres franceses.

La Legión de Honor, quizá la distinción más importante de Francia, creada por Napoleón Bonaparte, solo se concede por méritos extraordinarios y hoy una de ellas va a ser para él. Esa palabra resuena fragmentada en su cabeza: ex-tra-or-di-na-rio. Lo es. La imagen de Napoleón brilla en la insignia prendida de su pecho henchido. Ya es un legionario, oficial de honor. Entonces se cuela la lejana melodía de un enorme órgano que viaja por las galerías de cristal y la escenografía de jardines parisinos bañados por cascadas. Está a punto de recibir también la medalla por las colecciones que ahora son el corazón de la exposición de las misiones científicas y que, presiente, va a pesarle en el cuello. Va a empezar con un discurso que espera se perciba emocionante y, para dar comienzo a este momento largamente esperado, se dirige a sus pares reconociendo el honor que significa ser pionero de una ciencia poco cultivada. Somete, pues, sus descubrimientos y obras de reconstrucción de ese mundo llamado nuevo, al criterio del auditorio, con la única preocupación de resultar verídico.

Se presenta por fin como alguien que pertenece a la escuela que teme afirmar un hecho antes de que su exactitud haya sido demostrada, que sabe de la tendencia humana a la interpretación imprecisa de la historia. No le tiembla la voz al señalar que el hombre americano del pasado, que atrajo antaño solo la codicia, puede ahora ser objeto de la atención científica. Pelea duro con la retórica para ocultar su vanidad. En un día como hoy le cuesta el doble. Sabe que debe fingir modestia, introducir algo de humor socarrón, clavar una primera persona del plural en el sitio correcto, revisitar un mito nacional, una fobia, para dar la sensación a todos de ser parte de esto. «¡Qué diferencia entre esa llama inmortal que alumbra los siglos con su haz luminoso, y el sol de los incas, brutalmente apagado con la aparición de la cruz española», exclama. Alguien tenía que encender la luz, llenar ese vacío. Lo ha dicho. No ha podido evitarlo. Tampoco está mal verter alguna grandilocuencia si es solo una. Tras esas huellas, la de los escombros de las ciudades muertas ha ido él, de la mano de Ariosto, su poeta favorito, porque en el fondo siempre se ha sentido un romántico. Sus tesoros, traídos de la cordillera andina, se estudiarán y admirarán junto a los templos griegos, las estatuas de los dioses, las columnas de los foros, los peldaños de un anfiteatro. Aprovecha para recuperar aliento, para borrar cualquier sombra de duda y decir esa palabra de pronto prestigiosa entre sus labios de converso, «resurrección». Él solo ha sacado del olvido a un imperio. Wiener, el resucitador.

No sabe o no quiere saber por qué suda cuando comienza a mencionar a Humboldt, a Orbigny, a Castelnau. De pronto carraspea. Necesita hacer pausas, tomar aire. Cuando dice: «Los resultados incuestionables de mis excavaciones» su mente aventurera lo hace, nuevamente, atravesar el mar. Y está ahora en un viejo balneario al norte de Lima. Las familias pitucas limeñas lo miran hipnotizadas. Los buscadores de tumbas no lucen como él. Charles inserta la horquilla en un lote de tierra y la remueve con energía. Escarba, busca, suda. Nadie le quita los ojos de encima cuando logra finalmente extraer la momia con las manos más blancas que han visto en su vida. Los mojigatos limeños se santiguan pero él está eufórico. Le ha ganado el hallazgo por puesta de mano a Théodore Ber. Ese otro viajero al que Francia le encargó una misión idéntica en Sudamérica, el mismo día que a él. Qué humor negro el del destino. Está harto de competir. Ber podía ser francés de nacimiento pero era un comunista, un rojo. Cuando pudo hacerlo, no dudó en denunciarlo como exmiembro de la Comuna. ¡Secretario personal de Delescluze! Lo defenestraron por su culpa. Pero Ber no lo necesitaba a él para autodestruirse. Su misión en Tiahuanaco fue un desastre y motivó su expulsión de las grandes ligas. Ahora solo queda él. Ber no se atreverá nunca más a llamarlo cerdo judío charlatán.

Vuelve, Charles, vuelve. Ya está otra vez en el estrado decorado con la bandera tricolor. Le invade una especie de fiebre como si hubiera hecho un enorme esfuerzo por arrastrar hasta el centro de la sala un fardo arrancado del fondo de sí mismo. Para que todos puedan verle los huesos. No sabe si ha dado vida o ha dado muerte. Eso pensaba en esa orilla del mar de Lima y eso piensa hoy en un salón parisino. Esa duda es tan real que se transforma en estremecimiento. Su cuerpo hace temblar el atril.

Tiene que sacar un pañuelo y secarse la frente cuando hace referencia a aquellos que lo precedieron con mucho menos éxito, que a diferencia de él, «no han arrancado a los muertos de su reposo, ni los productos del arte indígena al olvido. No han descendido a los pozos de esas necrópolis, ni las han escrutado para extraer la verdad». Pero él sí, él está aquí porque se llenó de polvo y arena de las profundidades. A las afueras del recinto, entre las estatuas femeninas que representan a los cinco continentes y embellecen la fachada del palacio del Trocadero, América del Sur enseña un poco más las tetas. Solo un poco menos que África.

Nuestra cama para tres ya no sirve más para el sexo. La cama que fue la superficie sobre la que recreamos nuestras fantasías de romper con el «marido y mujer», ahora es una cama para dormir, una cama jubilada, a lo sumo una enorme cama dada de baja. Casi no tenemos sexo en pareja. Hay días en que me siento estafada, pero si lo pienso en serio, ¿cuánto podía durar una orgía matrimonial? Lo primero que explico a quien me pregunte por nuestra relación múltiple es que no tengo más sexo que el común de la gente.

Y, la verdad, lo he estropeado todo.

Conocí a alguien en Lima y se me fue de las manos. No sabía cómo terminar con eso y la vida decidió por mí. La vida no, la muerte. Cargo una pesada maleta en mi viaje de regreso al amor, un muerto a mis espaldas. Alguien tuvo que morir para que yo viviera. Y ahora estoy en esta cama, entre los dos, callando. Hasta que lo digo.

Se lo cuento porque ni yo puedo soportar mi secreto, mucho menos entender por qué hasta ahora era un secreto. Por qué me he pasado un mes fingiendo ante gente a la que le prometí, por lo menos, respetar el dogma poliamoroso. No necesito terapia para saber por qué he saboteado nuestra vida.

La culpa debería servirme para algo, al menos para dejar ser, para volver a un perfil bajo, pero subo la apuesta, quiero mantener el statu quo, radicalizarlo para protegerme de la onda expansiva de mi ataque kamikaze.

Tenemos los tres en teoría una relación abierta, deconstruida sobre la base de acuerdos, una para la que yo estoy tan preparada como un señor polígamo de Salt Lake City, Utah, de ochenta años, con una esposa en cada rodilla. Soy mi padre infiel y celoso de que su amante le ponga los cuernos con otro. Su versión posmoderna.

Lo he estropeado todo.

Nos habíamos mantenido unidos por el delicado equilibrio de las tensiones hacia dentro. Hasta entonces vivía cómoda en el núcleo de dos personas que me amaban, partiendo y repartiendo la tarta, sabiéndome la más aprensiva y desconfiada, también la más desleal, pero fortalecida en mi singularidad. Lo de afuera era augurio y amenaza. Sabíamos que tarde o temprano desbloquearíamos la posibilidad de los otros. Esa promesa.

Y está pasando. Se ha precipitado. Por mi culpa.

No creo que ellos vayan a hacerlo por rencor o por pagarme con la misma moneda. Eso sería un consuelo. Más bien los veo, a cada uno, deleitarse solitarios en la invención de su huida. No me dicen nada, solo me dan un beso, marchan, desaparecen por un rato largo de nosotros y vuelven con el mismo silencio. No pregunto. He perdido mis derechos. Tampoco tengo adónde ir.

En una cama siempre estamos condenados a repetirnos. Los ciclos del amor conyugal suelen ser implacables antes de caer rendidos. De un ejercicio horizontal a otro insomne y viceversa, se construye una vida en común. De mínimos gestos que se hacen con los pies, cerrando una boca, quitando un libro de las manos inermes. Y de eso que existe entre el sexo y el descanso, y de eso que reverbera entre el llanto y el amor, y de eso que se queda entre la última palabra y el resto del silencio. Hay noches como esta en la que soy la única que no puede dormir. Si alguien me viera tocarme entre sus cuerpos, un hombre y una mujer al alcance de mis manos, uno a cada lado de mi deseo, quizá pensaría que es una de mis perversiones, pero no tiene nada que ver con eso, no pretendo rozarlos, ni siquiera excitarme con la visión de sus siluetas indiferentes, flotando en medio de la penumbra como islas que emiten su propia luz sobre un océano. No sé de dónde vienen, ni adónde van, pero no están conmigo.

Para algunos el sexo es algo muy concreto: lo que corona un día de perfecta comprensión o lo que se hace solo cuando se imponen las ganas, con los restos del cuerpo que han dejado los niños y, de preferencia, después de un baño. Para mí el sexo viene bien incluso sin ritualidad, sin aseo personal, sin fuerzas, como complemento, entretenimiento banal, disparador de dramas, consuelo, remedio premenstrual.

Soy de esa generación de mujeres que sobrevaloró el sexo. Las que fuimos puristas del orgasmo maduramos más lentamente en lo relacional —otra palabra horrorosa que he aprendido por andar leyendo a los teóricos del amor libre—, pero aunque suene raro esta faena onanista en pasiva compañía es un trabajo introspectivo, terapéutico. Mucho peor sería despertarlos, manipularlos, forzarlos. Sobre todo cuando la inminencia de la regla aprieta, no la has visto venir y ya estás destrozada rogando entre lágrimas una noche apoteósica e infinita en su convulsa peregrinación del sexo al amor, del amor al sexo y de ahí a la comprensión a medida, que nadie te va a dar. Ver la espalda del ser amado me empuja a la locura.

Un día comprendí que no se sincronizan apetitos como se sincronizan los relojes. Con el tiempo he aprendido a sortear el drama. La sexualidad en convivencia demanda pedagogía diaria, actitud contrita, libertad hasta donde empieza el sueño o la inapetencia del otro, onanismo o más amantes.

Ahora estoy en la cama terminando esta otra rutina matrimonial entre dos cuerpos que me dan sus amadísimas espaldas sin causarme sufrimiento. Una es amplia, fuerte, lampiña, marrón. La otra grácil, menuda, quebrada, blanca. Ahogo por fin un gemido y todo sigue igual de plácido, sus espaldas suben y bajan con el sueño, sus respiraciones siguen haciendo juntas esa especie de música nocturna.

Yo creía que tenía un poder, no el de querer y desear a más de una persona, eso lo siente todo el mundo, sino el de haber logrado con mucho esfuerzo compaginar esas dos dimensiones del amor, con toda su distinta intensidad y belleza, sin tener que escapar, ni dejar a ninguno atrás, haciéndome cargo, sin que compitan sus fuerzas dentro de mí, integrándolas en el mismo juego de la vida. Pero no tengo ese poder y si lo tuve, lo perdí.

Mi abuela Victoria era tan celosa que después del derrame cerebral que sufrió, y cuando llevaba ya años postrada en una cama y apenas podía balbucear algunas palabras, le hacía escenas de celos a mi abuelo. Vengo de una estirpe en la que primero muere tu cerebro y después mueren tus celos. No queremos que nos dejen solas, por nadie, no soportamos el más leve gesto de abandono. Mi abuelita gritaba y lloraba como un bebé cada vez que perdía de vista a mi abuelo y lo imaginaba seduciendo a la mujer que se hacía cargo de ella. La escuché varias veces. ¡¡Félix!!!, le llamaba, ¡¡Félix!!, para que estuviera junto a ella y no se fuera más. En un futuro no muy lejano, juro que me veo enferma y condenada como Victoria, interrogando a Roci, acosando a Jaime. ¿Aún en mi lecho de enferma que espera la muerte seguiré preocupándome de que sean solo míos?

Es aterrador pero los celos solo mueren con el cuerpo. No sé cuántas veces he tenido ganas de morir para liberarme de ellos.

Nuestros cuerpos han abandonado la cama para tres y se han repartido por toda la casa. Mis crisis de confianza son constantes y no me basta que me aseguren que no están en *eso*.

Sé que mi fragilidad los aleja. Sé que mi llanto los enfría. Sé que mi miedo los mutila. Con mis exigencias estoy saltándome todos los acuerdos del amor libre que juré respetar en una noche puestos de MDMA encaramados al muelle de la playa Barranquito, en Lima. Ellos aseguran que no hay nadie más, aunque no tendría nada de ilícito que lo hubiera, pero no les creo. Sé a quiénes desean, es cuestión de tiempo. Si alguna vez fui yo la que sacó los pies del tiesto ya no me acuerdo. Me siento víctima de una injusticia. Duermo sola y resentida en la cama gigante, a veces con ella, a veces con él, otras me coloco como una bola de piel en carne viva en un rincón del sofá y solo me falta ofrecer mi mano abierta a los transeúntes.

Jaime ha decidido mudarse al sótano. En ocasiones mi hija me mira y me lanza alguna pregunta que no puedo contestar con la adecuada sinceridad. Me recuerda a mí en los tiempos del parche en el ojo, cuando creía que la gente miraba con los dos ojos.

Entre una mujer blanca y un hombre latino soy la que padece la mordida del monstruo. En mis grupos feministas voy diciendo que soy la más oprimida de la casa. Nadie me cree porque gano más plata que ellos. Pero mi vida es lo que ocurre entre un hombre y una blanca. Cada vez que intento dormir con ella pienso en él. No solo en su desamparo natural. También lo imagino allí abajo metiéndose a la habitación de la amiga que alojamos desde que Roci volvió a decir que el formato familiar la ahogaba. Ahora somos otro tipo de grupo humano. Nuestra amiga duerme en la habitación contigua a la de Jaime en el sótano, pero yo no duermo, miro al techo

y creo verlos bajo la luz tenue de la mazmorra, con los cuerpos enredados y los ojos brillantes, susurrándose ideas extrañas al oído, leyéndose mutuamente párrafos de libros recón-
ditos, viviendo cierta intimidad a costa mía. No sé qué me
duele más, que me necesite o que ya no me necesite. Nada
puedo darle mientras estoy arriba. Roci, en cambio, hoy me
tiene solo para ella pero no le hago falta.

Espero a que se duerma lánguida sobre nuestra cama como
la estatua de un ángel sobre un mausoleo. Compruebo que esté
en una fase profunda del sueño, aún más lejos de lo que suele
estar de mí desde que volví. Entonces me levanto de la cama,
atravieso ciega la penumbra, sin hacer ruido, bajo las escale-
ras, empujo la puerta preparada para descubrirlo con nuestra
compañera de piso; y compruebo con alivio y culpabilidad
que está ahí, que no se ha ido, que sigue siendo ese bulto in-
dividual, esa silueta solitaria que ronca, mi hombre al que he
traicionado con otro hombre, el que me comparte con una
mujer, al que he hecho suplantar en nuestra cama. Me meto
entre las sábanas que lo envuelven, lo abrazo bajo la manta
como si siempre hubiera estado ahí tumbada a su lado y solo
hubiera cambiado de posición para no adormecer mi brazo.
Está caliente, respira y parece a salvo.

Pero tampoco puedo estar a su lado por mucho tiempo.
Intento dormir pero no lo consigo. Porque ahora pienso en
ella sola en esa cama inhóspita, sobresaltada por la vibración
de su móvil, una luz artificial que la despierta y a la que quiere entregar su cuerpo. La veo en mi amarga fantasía refugián-
dose en ventanas virtuales por las que se cuelan fuerzas seduc-
toras y malignas que chupan hasta la última gota de su puro,
blanco y desnudo sedimento. Lo que yo ya no como.

Soy el ave carnívora convertida en presa sobrevolando parsimoniosamente a sus cazadores. Hay segundos en que deseo sentir el alivio profundo de un asesino.

También temo perderla a ella en ese breve lapso en que me distribuyo como se distribuye la pobreza en el mundo. Incapaz de hacer justicia a nadie. Así que salgo de la cama, lo dejo, vuelvo a subir arrebatada por la misma angustia, a atravesar la penumbra y a meterme en otro lecho. Allí está ella, solo duerme. Me tumbo a su lado pero no puedo calentarme, ni adormecerme, ni parar los ramalazos de angustia. Y eso pasa varias veces en una noche, subo y bajo, envidiando la paz que siempre es de los otros.

—En realidad la vida de tu mentado ancestro es un poco *sfumata*, me dice Benjamín al teléfono.

Mi mejor amigo vive en París desde que se casó con un nativo en una boda en la que hice un escándalo enrollándome con dos de sus testigos matrimoniales, algo que le costó perdonarme. Aun así lo he convencido de ir a la principal biblioteca de la ciudad por algunos libros sobre Wiener, incluyendo la biografía más reciente escrita por Pascal Riviale, un estudioso especialista en los hitos de la arqueología francesa en el Perú del siglo xix. No sé si necesito a un especialista, sobre todo uno tan malhumorado, pero tampoco tengo muchas alternativas. Sé que es uno de sus críticos más arteros pero también es el único estudioso conocido de su trabajo y quiero preguntarle si sabe cuál fue el destino de Juan, el niño comprado por Wiener, en Europa. Según Benjamín los datos biográficos son en todos los casos secos, puntuales, en su mayoría sin pulpa, reducidos a formularios de la administración francesa.

—No por nada los franceses inventaron los trámites y la corrupción.

Benjamín lleva suficientes años en ese país como para pasarse el resto del día ironizando sobre el talante francés pero no le doy más cuerda. Mi vida amorosa y familiar actual no aguantan tantos interludios.

—¿Pero no dice si tuvo esposas, amantes, hijos reales o adoptivos?

—No, no habla ni de la oficial, ni de la amante, y mucho menos de un niño indígena, tal vez eso conste en los archivos secretos y momias incas del desván familiar.

—Ya lo he intentado pero no hay ni rastro. ¿Nada más?

—Lo que ya sabes, el pobre era víctima de lo que hasta hoy se consideran taras en esta república libre, igualitaria y fraterna: era un extranjero y un extranjero de religión diferente. A veces lo olvido, pero antes de ser Charles, Karl también era judío y migrante, uno deseoso de asimilarse, de escapar del estigma.

—Lo que está claro, amiga, es que Monsieur Riviale y los demás académicos le dan con bate de béisbol, nadie lo toma en serio como arqueólogo, aunque admiten que tiene dotes de *raconteur*, virtud o vicio que sin duda has heredado… Todo un personaje tu antepasado. Hasta un enemigo tenía, el tal Monsieur Ber.

Reviso las notas que Benjamín ha tomado para mí. Las primeras dudas sobre la falta de rigor científico en el método arqueológico de mi tatarabuelo austriaco ya estaban insinuadas tanto en el prólogo como en el apéndice de mi edición de 1993 de *Perú y Bolivia*, pero en la reedición francesa de 2010, Riviale va más allá y asegura, desde un empecinado rigor académico, que Charles no es siempre el verdadero autor de sus hallazgos. «Tenía una desagradable tendencia a atribuirse los descubrimientos de otros, o a minimizar la participación de sus colaboradores locales», escribe. Cuenta también que muchos de ellos se indignaron al ver cómo, después de haberlo ayudado convencidos de que estaban haciendo un aporte importante a una misión oficial del gobierno francés, eran invisibilizados. Fueron particulares, empresarios, médicos o diplomáticos, quienes donaron a Charles de buena fe parte de sus impresionantes colecciones, también frutos del huaqueo. Por eso muchas veces Wiener no conocía su verdadera procedencia y solía errar en las explicaciones de los lugares a los que pertenecían, algo que arqueólogos posteriores tuvieron que esclarecer. Usaba los mapas de otros para proponer localizaciones ya ubicadas como si fuera la primera vez que alguien pasaba por ahí y afirmaba haberlos trazado él mismo. Lo peor de todo es que algunos los orientaba al revés poniendo el sur en el norte. Las fotos tampoco eran todas suyas. Hoy se sabe que algunas eran del francés radicado en Lima, Eugenio Courret y otras del boliviano Ricardo Villalba; o que había manipulado imágenes para ilustrar otras cosas que no tenían nada que ver. Llegó a copiar a su propio maestro, Léonce Angrand, refiere Riviale, su preparador de cara a la misión científica en América del Sur. Wiener optó por usar parte del trabajo de investigación sobre culturas prehispánicas de su maestro, a quien le habría pedido sus notas, que mezcló con las suyas hasta que fue imposible identificar qué pertenecía a Wiener y qué a Angrand.

La depredación del trabajo de los otros fue, al parecer, una fórmula más para promocionarse como autor. No le valía proyectar la imagen de un buen explorador, quería mostrarse como uno excepcional. Así fue perdiendo terreno el científico y ganándolo el «hombre de los medios» como dice Riviale.

Pero no creo que podamos entender cómo funcionaba la investigación histórica y arqueológica de la época solo analizando el comportamiento de una serie de individualidades como Wiener. Él no era un caso que se corrompió, aislado, flotando como un satélite a un lado de la institución científica sacrosanta, sino que era parte orgánica de esta, respondía a un sistema académico masculino, occidental, de influencias y relaciones de poder. Esa maquinaria funcionaba para proyectar la imagen de la nación francesa al mundo. Y en eso Wiener era el mejor. A Francia le daba igual el estilo exuberante de Charles, ya tenía sus trofeos. Francia era tan falaz como él. Poco importó en ese momento cómo Wiener había echado mano de ese material cuando en las postrimerías del siglo XIX diez toneladas de material arqueológico relativamente bien embalado llegaron del Perú al corazón de Europa. Todavía no se había inventado el concepto de «patrimonio cultural de la nación». En Perú ni siquiera existía la nación como tal. Pero para el imperio francés significaba una operación de márketing de enorme trascendencia.

Mientras pudo fingirse un científico condecorable, un oficial de honor, disimulando los apaños y gazapos de su mundo preacadémico, su verdadera preocupación siempre estuvo puesta en garantizar la eficacia de su relato y la construcción de su leyenda personal, ambos asuntos deslizándose en paralelo hacia la victoria de la nación que representaba. Y para eso se valió de todas las figuras literarias, en especial la hipérbole: si algo crece es su voz en primerísima persona, si hay alguna figura que sobresale por encima de las demás es la de Charles Wiener, si hay alguien que suena extraordinario es él, si hay peripecias que impresionan son las suyas; si hay opiniones que desconciertan, indignan y golpean son las que brotan de él con honestidad brutal.

Los medios buscaban la épica de los exploradores y Charles les dio lo que querían. Y lo logró porque no era solo un viajero que escribe sino también un escritor que viaja.

¿No es acaso lo que hacen todos los escritores, saquear la historia verdadera y vandalizarla hasta conseguir un brillo distinto en el mundo? En el camino, no obstante, empezó a brillar él más que el mundo que aseguraba haber descubierto y de paso oscureció a su entorno. Sus estudiosos coinciden en que Wiener hace literatura de viajes, aunque no lo pretenda, que sus textos se leen como novelas. Irónicamente, su única relación con la novela es una fugaz mención en *El hablador*, de Mario Vargas Llosa, donde aparece como un explorador francés que en 1880 «se encontró con dos cadáveres machiguenga, abandonados ritualmente en el río, a los que decapitó y agregó a su colección de curiosidades recolectadas en la selva peruana».

El historiador Pablo Macera lo describe fascinado en *La imagen francesa del Perú* por esa misma razón, como alguien que escribe con «emoción auténtica» y «juzga con dureza y exactitud (…) sin por eso creerse en la posesión de la verdad absoluta». Y declara: «cada línea suya es insustituible». Para él, su libro *Perú y Bolivia* es el mejor de los escritos sobre la América meridional a fines del xix.

Wiener es, en efecto, un narrador fluido, un cronista del detalle y del exceso, un fabulador de aquellos que saben cuándo deben pasarse por el forro la ética y las convenciones literarias para mantener enganchado a sus lectores, que no duda en sazonar con toda clase de recursos la historia de sus aventuras, alterando las reglas del juego en un lugar donde no debería exagerarse. Y es, sin duda, el creador de su propio héroe protagonista, él mismo. Si hubiera vivido en el siglo XXI lo habrían acusado de lo peor de lo que puede acusarse hoy a un escritor: de hacer autoficción. Pero quizá él se hubiera sentido más cómodo en los tiempos en que la verdad ha perdido todo su prestigio. No hubiera sentido ese sudor frío en la baja espalda cada vez que le solicitaran defender algo tan impracticable como una certeza.

No puedo evitar sentirme identificada con su forma atroz de intervenir en la realidad cuando la realidad falla y de hacer de su experiencia la medida de todo. Me asalta la solidaridad de la montajista. Su autorretrato vital, la del narcisista obsesionado con el éxito, es tan impúdico que no necesita estar desnudo. Cuántas veces me han preguntado sobre el desnudamiento en mis libros, por qué solo escribo sobre mí, para terminar en mis respuestas siendo aún más inaguantable. Conozco bien la sufrida artesanía del yo, lo delatador de mi materia prima, del material en bruto en una historia sin ficción aparente y los peligros de la construcción de un personaje que eres tú, cuando aún no se domina del todo el arte de limpiar las basuritas de contarse a uno mismo. Eso creo que lo dijo el escritor Jonathan Lethem. La primera persona puede llevarte a ser injusto y a creer que tienes la última palabra, y ni la mala conciencia te salva. Charles debía saber lo que era eso, la frustración narcisista última de saber que nunca podremos escribir la crónica de nuestra propia muerte, quizá lo más importante que nos sucederá.

El fastidio por los pasajes coloniales, racistas y crueles de los libros de Wiener sobre mi cultura da paso a una repentina empatía por su postura involuntariamente antiacadémica y ególatra. Llevo un rato intentando deslindar, descolgarme de su herencia más allá de lo sanguíneo, y resulta que mi lazo más fuerte y, quizá, el único, va a ser este. Como si comprendiera de golpe mis traumas, mis animadversiones, me muevo por sus páginas como por un laberinto de espejos versallescos. Se revela así un puente hasta ahora invisible entre nosotros, uno que atraviesa la historia, lo que somos y no fuimos para cada uno, lo que no nos atrevimos a ser, algo que se llama impostura.

Entro al grupo privado de Facebook de la familia Wiener. Hace unos años lo creó alguno de los primos y tíos que se cuentan por decenas, para interactuar con el resto de parientes sin tener que esperar a que se muera nadie. Conozco al diez por ciento de ellos. El grupo mantiene un archivo en el que se guardan algunas carpetas con fotos de Charles Wiener, de Carlos Manuel, sus hijos y nietos. Se me ocurre hacer un post preguntando si alguien sabe algo de María Rodríguez, pero la información casi no varía de la que ya tenía, la mayoría la confunde con otra persona. Alguien dice que oyó que era mulata. Alguien más lo desmiente. Aparece un primo de mi papá para recordarme que un amigo suyo de origen palestino realizó una excelente investigación tras los orígenes de Wiener para conseguir las partidas de nacimiento necesarias para que él se sacara un pasaporte europeo. Dicho trabajo se encuentra colgado en la web Monografías.com, se titula «Charles Wiener, en busca de la identidad perdida», en el que insinúa la tesis de que Wiener sería el verdadero descubridor de Machu Picchu. Este puñado de apuntes biográficos presenta además de información por todos conocida sobre Wiener, algunos capítulos de *Perú y Bolivia*, muchas fotos de mis tías. Entre esta miscelánea, aparece un fragmento de la partida de bautizo de Carlos Wiener Rodríguez, celebrado en Trujillo en el año del Señor de 1877, en la que se lee:

En esta Santa Iglesia Parroquial del Señor San Lázaro en Diez y seis de Setiembre de mil ochocientos setenta y siete. Yo el infrascrito Teniente de Cura de esta Parroquia exorcicé, bauticé solemnemente, puse óleo y crisma a Carlos Manuel, blanco, de cuatro meses veinte y dos días, hijo natural de Don Manuel Wiener, natural de Francia, y de Doña María Rodríguez, natural de Trujillo, fue su padrino Don José Hurtado, siendo testigos Don José Guevara y Román Guevara, de que certifico. Manuel Ramos.

No dice Charles, no dice Karl, dice Manuel. Un tal Manuel Wiener. ¿Quién diablos es Manuel?

La primera señal de que toco fondo no ocurre el día en que descubro que quizá no soy quién soy, sino un día que paso a buscar a Roci a la librería en la que trabaja y como está sin gafas y yo llevo el pelo atado y un abrigo inusual, me mira y me saluda cordialmente pero en realidad saluda a una desconocida que cree ver entrar por la puerta. En esos largos segundos, sus ojos pasan por mi cuerpo, lo atraviesan y no se quedan en mí. Me golpea que me dirija esa mirada insípida, trivial, la de las personas que no sienten nada por nosotros. Ya no me quiere, nunca me ha querido.

Luego me reconoce y sonríe, viene a mí, me besa con alegría y el alma regresa a mi cuerpo.

Ella tiene trece años menos que yo. Eso quiere decir que cuando a mí me vino la regla ella no había nacido. Cuando tuve sexo por primera vez ella aún usaba pañales. Cuando leí *Cien años de soledad* ella aún no había aprendido a hablar. Cuando hizo su primera comunión yo ya había abortado. Podría seguir. He hecho demasiadas veces estas comparaciones perturbadoras y desasosegantes. No es todo lo que nos diferencia. No solo ella es blanca y más joven, también es muy delgada. Cuando hacíamos el amor al principio cerraba fuerte los ojos para no ver que mi cuerpo casi doblaba al suyo en masa muscular. Estuve a punto de terminar con ella porque pensé que no iba a poder excitarme mucho sin sentirme pequeñita en la cama, cosas del patriarcado. Luego aprendí a sentirme grande y a adorarla como adora una estrella de mar a una ola que se la traga.

Le gusto tal como soy, siempre lo dice, es demasiado maja o demasiado feminista para no sentirlo de verdad, pero el cuerpo aceptado es solo teoría. El cuerpo nacido marginal, por escasez o abundancia, siempre incomoda y siempre se siente cuestionado. No le cree a nadie, mucho menos al amor. El troll se alimenta del miedo y yo soy mi propio troll. La posibilidad de un cuerpo mejorable, adelgazable, futurible, acosa desde dentro y, aunque va minando las posibilidades de ser un cuerpo válido, se sabe en progreso y a la expectativa. Pero un cuerpo rechazado, marrón, es estanco, ha vivido demasiado tiempo bajo tierra y cada día vuelve a sentirse el cuerpo de una niña del pasado que miran los racistas.

Tendría cierta lógica que a veces me carcoma el miedo al abandono. Que oscile entre el miedo a que mi novia blanca de naturaleza no monógama me olvide y el horror a que mi marido latino y atractivo me deje por otra.

Pero la siguiente señal va más allá de la lógica conocida. Empiezo a sentir una feroz inquietud cada vez que ella va a trabajar. Ocho horas al día en esa librería. No puedo quitarme de la cabeza la idea fija de que día tras día descubra y lea libros que no son míos. Me tortura su admiración por las palabras de otros, de otras. Se trae libros a casa y se pasa las horas leyendo lejos de mí. No puedo tolerar cómo nos roba minutos de tiempo a nosotras para sumergirse en la mirada de alguien que no le canta a la rosa, que la hace florecer. Sé que muchas veces no se atreve a decirme que piensa que son libros estupendos, escritos por mujeres mucho más feministas que yo. Ríe y llora, aprende y se deslumbra. Y nada de eso tiene que ver conmigo. Mis pensamientos me dan asco. ¿Qué coño quiero? ¿Acaso no follé ya como quería? ¿Por qué no les dejo en paz? ¿Acaso no quiero seguir yo también follando con otros? Decido hacer algo al respecto. Buscar la maldita habitación propia esa. Desconectar de ella, de él; me resigno a hacer cosas nuevas y extrañas para entretener mis demonios, algo que siempre he detestado de la autoayuda femenina, para encontrar la solución final. Pero busco apoyo entre compañeras dedicadas al activismo y a la lucha política en sus espacios, que vienen trabajando juntas en torno a ideas y experiencias compartidas, muchas dolorosas, que yo llevo hace tiempo rumiando sin atreverme a mostrar al mundo. No soy blanca, no voy a hacer un taller de cerámica. Me entero de que se está organizando entre varias un grupo de afinidad llamado «Descolonizando mi deseo» para hablar de cuerpos y sexoafectividad. Solo para racializadas. Me apunto. Estoy decidida a ir y a trabajar en esto. El nombre me representa ahora mismo como nada. Quiero cercenarme al patriarca que me habita y dejar de celar a mi novia española.

Unos días después, por fin consigo su mail y decido escribirle al winerólogo Riviale. Le envío un mensaje aún impactada por el reciente descubrimiento de ese nombre extraño en la partida de mi bisabuelo. No es una partida de nacimiento sino de bautizo, pero aun así lo complica todo, ¿o lo resuelve?

Gabriela Wiener <gwiener@gmail.com>

Hola Pascal, soy Gabriela Wiener, periodista, escritora y descendiente de Charles Wiener. No suelo presentarme así pero te puedo explicar por qué. Sé que has dedicado una parte de tu trabajo como investigador a la figura de Wiener. ¿Puedo hacerte unas preguntas?

Gabriela

Pascal Riviale

Estimada Gabriela:
Durante mis investigaciones tuve la oportunidad de ver que circula la hipótesis según la cual Charles Wiener habría tenido descendencia en el Perú. Me interesaría tener tu opi-

nión sobre este tema y por supuesto contestaré con mucho gusto a tus preguntas. Publiqué una reedición de la relación del viaje de Wiener hace poco, con una introducción mía donde doy varios datos biográficos que podrían interesarte. Quedo a tu disposición.

Pascal

¿Qué voy a opinar acerca de la descendencia de Charles en el Perú? Riviale no se ha dado cuenta pero acaba de llamarme, quiero creer que con la mejor de las intenciones, «hipótesis». No he oído otra cosa en toda mi vida que mi nombre va seguido del apellido de un señor llamado Charles, pero aquí estoy siendo puesta en duda por el especialista como otro descubrimiento espurio de Wiener. A mí y a todos los del grupo de Facebook.

Me acabo de dar cuenta de que le he preguntado a un europeo desconocido qué sabe de mí, qué sabe de nosotros. Y lo peor es que cree saberlo, lo peor es que me ha contestado.

A algunos metros de donde Charles da su discurso, en el Palacio del Trocadero, se levanta una de las atracciones más populares del recinto, el zoo humano «Pueblo Negro», que recrea una comunidad africana con cuatrocientos nativos auténticos importados para la ocasión, como un Disney del colonialismo. El museo se inspira en las exhibiciones humanas del zoólogo y capataz de circo alemán Carl Hagenbeck que seguirían funcionando hasta 1930 en el Jardín de Aclimatación de París, un lugar didáctico para enseñar a los franceses cómo funcionan sus colonias. Miles de visitantes pagaron una entrada para ver a seres vivos en cautiverio, con la excusa del conocimiento. En Alemania y Bélgica también fueron una atracción muy popular y recién en 1958 se cerró el último zoo con personas en Bruselas. Esa vez, cientos de congoleños, muchos de ellos niños, se exhibieron detrás de un cerco de bambú. Los encargados de la exposición animaban a los visitantes a lanzar dinero o plátanos si aquellos estaban demasiado quietos.

Las reconstrucciones estrafalarias en cartón piedra de aldeas enteras fueron pobladas por nativos reales secuestrados o traídos a Europa con engaños. Una familia al completo fue raptada de la bahía San Felipe, en Tierra del Fuego, y sus integrantes, atados con cadenas, fueron expuestos entre rejas, sin posibilidad de asearse para verse salvajes y para simular que eran caníbales cada tarde les tiraban trozos de carne cruda. En el Jardín de Aclimatación dos familias de mapuches formadas por seis hombres, cuatro mujeres y cuatro niños fueron exhibidos jugando el palín y tocando la trutruka.

Por esa misma época, en Madrid, en el señorial parque del Retiro, justo al lado del Palacio de Cristal, España tuvo la oportunidad de estar a la última en moda colonial abrazando la tendencia de los zoos humanos europeos. Es verdad que al mellado imperio ya le quedaban pocas colonias para entonces pero no quiso ser menos que el resto de potencias e inauguró en octubre de 1887 su propio parque temático del racismo con un centenar de indígenas filipinos, entre ellos chamorros, tagalos y carolinos. Los madrileños y madrileñas pudieron apreciar cómo discurría la vida cotidiana de sus colonizados, pero también los catalanes. Cerca a la plaza de Cataluña se abrió al público el zoo Negros Salvajes.

Charles no puede ver lo que yo vi, aquella vez en París, cuando salí del museo del quai Branly y caminé mucho y bordeé el bosque de Vincennes y llegué al Jardín Tropical, otra sede decadente de las exposiciones coloniales, la tierra en la que plantaron los esquejes del café y la escenografía falsa de sus propiedades en tierras lejanas. Ahora la hierba poco tiene de tropical pero crece libre e indómita cubriendo los decorados del campamento tuareg, el poblado indochino o las ruinas del pabellón del Congo arrasado por un incendio intencional. Ya no hay ni rastro de las personas que fueron convertidas en espectáculo y una hasta podría pensar que ese jardín en estado de abandono significa que hemos dejado atrás esas ideas y progresado como humanidad, pero es otra imagen engañosa.

Charles tose, se aclara la garganta. Aferrado aún al papel mecanografiado y húmedo de su discurso, cree ver a lo lejos a un niño corriendo perdido en las galerías del Campo de Marte y titubea. Es el pequeño Karl deambulando por los pasillos del reformatorio lleno de niños ladrones que administra su padre en Viena. O es Juan, a quien cree ver loco de desesperación alejándose de los brazos de su madre india alcoholizada. Por un momento se le nubla la vista, piensa que tal vez ha perdido la razón, porque no puede dejar de imaginar su partida de nacimiento: Karl Wiener Mahler, jüdische. Se ve a sí mismo llegando a París, después de enterrar a su padre en Austria, de la mano de su madre. Se ve mirando las ilustraciones de «El judío en las espinas», el cuento de los hermanos Grimm que le leyeron en el colegio. Y vuelve a estremecerse como entonces, cuando cae el pájaro herido entre las zarzas y el judío no puede rescatarlo porque el sonido de un violín le hace bailar como poseso. Se ve recibiendo el enésimo rechazo a su carta al ministro de Justicia, aún sin cumplir los dieciocho años, en la que pide la nacionalidad francesa. Y más tarde está tan harto de ser un desconocido profesor de alemán que podría arrancarse la lengua. En una visión que lo asalta y dura un segundo el futuro es una bola de papel arrugada en la mano de la Historia donde están tachados nuestros nombres.

Y es como si las exposiciones universales, las misiones, las giras, las presentaciones, los circos, los jardines, las excavaciones, los museos, los campos escupieran criaturas, las soltaran, sin que él ni nadie pueda contener su diáspora y se abrieran las jaulas y escaparan los perros mesoamericanos, los moros, los tártaros, los bárbaros, los enanos, los albinos, los jorobados, los gladiadores, las centenarias, los siameses, los seis esclavos de Cristóbal Colón, el culo de Sara Baartman, la Venus hotentote, Ota Benga y su orangután, la mujer barbuda, Máximo y Bartola, los niños microcéfalos de El Salvador, los liliputienses aztecas, los selknam, los fueguinos del recinto de las avestruces, los nómades, los no contactados, los judíos.

Pero es solo una pequeña conmoción, una fuga que ocurre en su cabeza. Bebe un trago de agua, deja de verlos y puede seguir hablando de las espectaculares murallas de Chan Chan construidas por hombres siempre más antiguos que nosotros.

Meses después de su gloriosa tarde en la gran Exposición Universal llega la carta esperada. Charles, ya eres francés.

El racismo científico vivió su apogeo en el siglo xIX gracias a los avances en varias ramas del conocimiento ilustrado que ayudaron a crear las bases de una concepción racista de las sociedades. Biólogos y antropólogos se aplicaron en dividir la especie humana en clases a partir de su color de piel y otros rasgos físicos, estableciendo una jerarquía entre personas y otorgándole a la raza blanca la supremacía. Fue en la segunda mitad de la centuria que los imperios europeos usaron estas teorías para justificar la explotación colonial y las políticas genocidas en América, Asia, Oceanía y sobre todo en África. En 1885 se legalizó el reparto de África en la Conferencia de Berlín, un encuentro entre doce países europeos, Estados Unidos y el imperio otomano para atribuirse derechos territoriales exclusivos sobre este continente sin preguntárselo a los pueblos que lo habitaban. Esta visión del mundo legitimó que el rey Leopoldo II de Bélgica se quedara el Congo como propiedad privada, su parque de diversiones personal para esclavizar, torturar y asesinar sanguinariamente congoleños. Francia conquistó Madagascar y destruyó Tombuctú y el Reino de Dahomey. Gran Bretaña hizo lo mismo con Benín. En 1906, en la Conferencia de Algeciras, Francia y España se repartieron Marruecos.

En ese puente endeble que sigue tendiéndose en mi imaginación no puedo olvidar que Charles nació con el racismo moderno, el que da sustento a las naciones tal como las conocemos; él no es otra cosa que un refinado producto de su tiempo. Nació judío en los años en que toda Europa empezó a pensar que los judíos habían puesto en marcha una conspiración universal para dominarnos a todos. Cuatro años antes de su nacimiento a unos judíos en Varsovia les cortaron el pelo y la barba por defender sus trajes típicos. Wiener tenía un año de vida cuando Wagner publicó un artículo sosteniendo que los músicos judíos le hacían daño a la cultura alemana. Dos años cuando el filósofo francés Arthur de Gobineau publicó su *Ensayo sobre la desigualdad de las razas humanas*. Y cuando ya estaba en Latinoamérica como un viajero francés más, el periodista cafre francés Édouart Drumont organizó la liga antisemita para alertar de que los judíos se estaban apoderando de Francia. Cuando Charles murió, faltaban solo veinte años para el Holocausto.

El darwinismo social y las teorías eugenésicas estaban en auge en la década de 1870, la de sus expediciones. No sé si él creía en razas inferiores pero no justificaba su exterminio, confiaba en su progreso y regeneración. Según Charles, no solo la Corona española había degradado a esos pueblos, también a sus herederos, las élites blancas criollas en el Perú, que persistieron en oprimir y explotar a los descendientes de los grandiosos incas hasta convertirlos sin remedio en despojos. Por eso se llevó a Juan a Europa, para probar que en otro contexto podía civilizarse, asimilarse, convertirse en el buen salvaje que él mismo era.

No seré yo quien le culpe por intentar sobrevivir, por convertirse, por montar esta desesperada picaresca del arqueólogo profesional para ponerse en valor más pronto que tarde en un entorno hostil. Hasta conseguir todo el reconocimiento que necesitaba. Sus mentecatas estrategias de autopromoción consiguieron lo que toda persona estigmatizada persigue, la inmunidad. Pero como no hay mejor lugar para esconderse que entre los enemigos, Wiener hizo todo el recorrido de la víctima hasta convertirse en el verdugo. *Fue el arco y la flecha, la cuerda y el ay.*

Mi propia escalada violenta de miedos se origina en el trauma.

¿Quién diría que no soy su nieta?

A «Descolonizando mi deseo» solo pueden entrar personas migrantes y racializadas, por eso se presenta como «espacio no mixto». No es grupo para blancos. Este quizá sea el único lugar en el mundo en el que ser pareja de una mujer blanca y delgada no es prestigioso sino malrollero. Aquí Roci, aunque sea lesbiana, no es bienvenida. Aquí se mira con sospecha a la blanquitud por convicción, como una performance viva, para revertir la mirada cruel de siglos sobre nuestros cuerpos. Se mira al poder con intransigencia porque el poder también es racial. Es una manera vengativa y simbólica de reclamar lo robado. Estamos en España: a cambio nos reservamos el derecho de admisión a esta parcela. Es, si se quiere, un experimento pedagógico hacia fuera y hacia dentro otra forma de estar juntas, de reflexionar sobre lo que nos duele y soñar con una reparación. Lo primero que aprende cualquiera que tenga alguna curiosidad por el racismo en el mundo y una mínima voluntad de tomárselo como una llamada de atención al régimen es que si esta nueva y reluciente hostilidad te parece inversamente racista no mereces estar aquí escuchando lo que tenemos que decir.

Estamos sentadas en círculo en la sala más grande de la okupa y cada una cuenta quién es, de dónde viene, por qué ha venido, con quién folla y qué le pesa. Somos todas mujeres, solo por casualidad, y al menos ocho de nosotras follamos con blancos o blancas, algunas incluso exclusivamente. La mayoría confiesa estar harta de sus matrimonios monógamos con señores o señoras españolas que las tratan con condescendencia, frialdad y con los que llevan meses sin tener sexo. Yo debo admitir, incómoda, que tampoco estoy follando mucho por primera vez en mi vida. Menos mal que aún tengo un marido cholo. Quién diría que en plena ola feminista Jaime iba a ser mi única herramienta para descolonizarme. Ah sí, y que estoy harta del poliamor. Cuento con un bochorno difícil de ocultar los últimos episodios de mi contradictoria vida, mi infidelidad anacrónica y los celos ingestionables dentro de mi relación abierta.

Empiezo a temer que esto sea como un grupo de follablancos anónimos que hemos venido a redactar los doce pasos. Para empezar, ¿por qué querríamos dejar de hacerlo? Una de las dinamizadoras toma la palabra. Es una barranquillera grande, no binaria y marrón. La acabo de ver despidiéndose en el portal de su amante negra. Tiene mucho que enseñarnos. Me mira a mí y dice:

—No queremos dejar de follar con blancos, lo que queremos es empezar a follar entre nosotras. Hemos blanqueado el sexo, hemos blanqueado el amor, lo hemos racionalizado. El poliamor, por ejemplo, es una práctica blanca que no tiene en cuenta cómo funciona la circulación de la deseabilidad y sus límites para personas como nosotras, las feas de la fiesta. ¡Desconfíen de los ojos azules y de la lógica del progreso aplicada al cuerpo! Hemos dejado de desear y amar cuerpos como los nuestros, nos hemos alejado de nuestras propias formas de vida amorosa y sexual, de lo que nos sale del coño.

Lo intento, juro que lo intento. Pero cada vez que me empeño, el culo pequeñito, suave y blanco de Roci cobra vida en mi imaginación, le salen ojitos y me mira como un personaje de Bob Esponja. Hablamos sobre los y las follaindias y follanegras, blancos embargados de una culpa blanca que hace que se acerquen a nuestros cuerpos solo para fetichizarnos; pero también de lo que ocurre en nosotros, cuerpos racializados, por ese mandato, por haber aprendido que los cuerpos deseables son los blancos, delgados y normativos, mientras despreciamos lo que se parece a nosotros. La teoría me la sé. Pero cómo me la meto al cuerpo.

Cristóbal Colón me susurra al oído cada noche con voz de genovés su típica frase de pelotudo descerebrado: «Nunca se llega tan lejos, como cuando no sabes hacia dónde te diriges». Deseo a Roci en parte por eso, por el síndrome de Estocolmo. Porque ella no deja de avanzar sobre mi isla de mierda. Y ella me desea a mí porque le ayudo a borrar en parte la mancha colonial de su ADN. Al revés de cuando Colón supo que había oro en las Indias porque vio a una mujer llevando un piercing brillante, ella supo que me amaba cuando vio todo lo que me habían quitado. La conmuevo.

—Estamos aquí para poner en cuestión el deseo y descolonizar nuestras camas. Trabajemos duro en perder la fascinación por aquello que se nos enseñó como bello.

Vale, me cuestiono el deseo, lo hago con consciencia, pero me embarga la angustia. Cuando desaprenda esta fascinación por el colono, ¿seguiré queriendo hacer el amor con ella, compartir con la española mi vida, o tendré que dejarla? ¿Será esta la solución a mis problemas? Si la blanquitud es un régimen político, ¿soy como el negro de Vox? Todo lo que se entiende como bello y feo ha sido generado por ese sistema como axioma. «Lo bello es blanco y tiene alma», dice nuestra gurú mientras explica que un cuerpo no blanco no tiene posibilidades de ser deseado en ese marco, pero tampoco de ser amado, porque el paradigma no solo es estético, es moral y educa nuestro sentido del amor.

—También amamos lo que consideramos deseable como producto de una programación racista. ¿Y lo feo qué es? Somos nosotras.

La barranquillera termina de decir eso que me remueve, lo del orgullo de las feas, de las expulsadas del reino y propone una dinámica, pone su mochila en el centro del círculo y empieza a sacar unos dildos de cristal y los reparte entre nosotras. Nos reparte también unos trozos de cuero, tijeras y nos enseña a confeccionar nuestro propio flog. Nos dice que vamos a jugar al juego del colono. Se quita toda la ropa muy rápido, la tira al suelo y dice «Soy Lucre y esto es lo que soy». Se toca partes del cuerpo, se da la vuelta, estira los brazos en señal de «Esto es lo que hay» y nos pasa el testigo.

Las demás se organizan. Yo me quedo sin pareja como en las clases de educación física en el cole y Lucre viene a ayudarme. Tiene las tetas casi tan grandes como las mías pero mucho más redondas, las caderas anchas y un culo vasto. No es fácil estar vestida al lado de alguien desnudo. No recuerdo haber deseado un cuerpo así en mi vida. Tan voluptuoso. Tan oscuro. He deseado en las mujeres lo que quería en mí, delgadez, blancura. De alguna manera, Lucre es mi tarea para la casa ocurriendo en plena clase. Sus ojos son esas heridas alegres y tristes que las marrones llevamos en la cara hace siglos. Pequeños lagos casi orientales en los que tiembla la luz. Me mira intensamente, una especie de ardilla concentrada en su labor de roer el sistema que me posee. Se ríe todo el rato como de algo secreto. Le hago gracia. Me guía sobre su cuerpo y sobre el mío. Primero pego yo, luego ella. El colonialismo pega siempre en una dirección y sin consentimiento. Estamos creando otros marcos conceptuales. El dildo cristalino entre nosotras es hoy para acariciar.

Somos voces chillonas que desobedecen al ideal civilizatorio con puro exceso. Exceso de volumen, de grasa, de grasa en las comidas, en las carnes, en las frituras, exceso en los colores de la ropa. Músicas románticas y dramas de telenovela, infidelidades bachateras y desgarros de amor. Por otro lado, la falta. Falta de moderación, de educación, de cultura, de higiene, de recato. Lo inadecuado. El lugar de la incultura. Gente de malos olores que no saben, que no entienden, y que son fexs.

Lucre acaba de leer ese texto del colectivo Ayllu, del libro *Devuélvannos el oro*, y otros textos de Masson, de Ortiz, de Piña, de Godoy. Tomo nota para buscarlos. Dice que todas deberíamos conocer su trabajo de investigación, acción artística y política, descolonial y antirracista, de resistencia contra la cultura que quiere instrumentalizarnos, contra los museos y su historia de expolio y barbarie, contra el día de la hispanidad. En nuestro próximo encuentro tenemos que traer un texto escrito por nosotras que interpele tanto como los que escriben ellos y muestre en carne viva nuestra herida colonial.

Casi en la puerta Lucre me toca la cintura por detrás y dice ¿Un piti? Fumamos, no como dos agentes racializados provenientes de las excolonias del reino de España en proceso de descolonizar su deseo, lo hacemos en realidad sin tanta carga simbólica. Apenas como dos chicas por completo extrañas que saben que van a follar.

Me asalta la necesidad de escribir un mail larguísimo a Pascal. Para empezar, le cuento que estoy al tanto de sus publicaciones, he leído sus opiniones sobre Wiener, he visto en YouTube una charla suya en Lima y comparto con él la fascinación y la consciencia de lo complejo del personaje. Es tan largo el mensaje que decido no enviarlo, le pido su teléfono y quedo una tarde para hablar. Horas antes he adjuntado para él en un mensaje la copia del trozo de partida de bautizo de Carlos Wiener Rodríguez. Solo tengo ese fragmento y en él consta como su padre el señor Manuel Wiener, natural de Francia. Riviale me escucha. Le digo si podría ser el segundo nombre de Charles. La respuesta de Pascal ahonda en la perplejidad.

—Como ves, los datos de esta partida no corresponden a los de Charles Wiener: el nombre no es el mismo. Manuel y no Charles; y no creo que Manuel pueda ser su segundo nombre. No era «natural de Francia», como dice ahí, pues era todavía austríaco mientras visitaba el Perú, recién se naturalizó francés en 1878. Veo dos posibilidades: o se trata de otra persona con el mismo apellido (yo encontré en los archivos franceses otro Wiener que residía en el Perú) o es Charles el verdadero padre, pero la madre de Carlos se equivocó al dar los datos. Para cuando lo bautizó, Charles ya había regresado a Francia.

—¿Otro Wiener…? Pero por las fechas coincide su estadía con el momento en que fue engendrado —le digo.

—Mira: llegó al Callao en febrero de 1876 y salió del Perú a mediados de 1877. Llegó a Trujillo a mediados de julio de 1876 y se quedó ahí unas semanas. He aquí la duda: no sé si ya hiciste el cálculo, pero según la partida de bautizo Carlos Manuel nació a fines de mayo de 1877, es decir que fue concebido en agosto. Es posible que Charles todavía hubiera estado presente en la ciudad en ese momento…

Así que es posible, solo eso, posible.

Por un momento me imagino soltando estas dudas en el Facebook de la familia Wiener. Creo que mandarían a reducir mi cabeza como un trofeo. Dudas que ofenden. Aun así, sería demasiado raro que existiera otro Wiener medio francés en Perú en esas mismas fechas y que precisamente se reprodujera y dejara colgada por la misma época a una señora desconocida con un niño llamado Carlos (Charles), que crecería sin padre, que se fuera y no supiéramos más de él salvo por lo que cuentan los historiadores.

Llamo a mi tío el historiador.

—Ten la seguridad de que el tal Manuel es Charles. No me cabe duda. Yo vi una conferencia de Riviale aquí en Lima. Riviale sostiene que confrontando los informes oficiales y el libro *Perú y Bolivia*, habría ciertas exageraciones en este último y que Wiener se habría atribuido algunos hallazgos de otros. Es claro que en esa época no existía el cuidado en citar las fuentes pero la impresión que me dejó este investigador es que desmerecía el trabajo de Wiener. Tenía mucha información de los archivos franceses pero le faltaba documentación producida en Perú. Estaba demasiado influido por un informante francés y arqueólogo aficionado que acusó a Wiener de apropiarse de sus descubrimientos. Envidio su manera de sacar las garras por Charles y la familia, con sus luces y sus sombras. Pero intento centrarlo, volver al tema de nuestra filiación. Según él, tal vez María Rodríguez colocó ese nombre en la partida para no ser «sujeta de alguna reclamación». Como cuando adquieres un producto y descubres que está roto pero se te ha perdido el recibo. ¿Y si María leyó en algún lugar «M. Wiener» y entendió que no era la inicial de Monsieur sino la de un nombre, un nombre como Manuel? El padre del M. Wiener peruano. O Charles, Carlos, Carlitos. En la sala que acoge su colección en el museo parisino podía leerse en letras de molde: M. Wiener.

–Para remate, sobrina, el párroco se llama también Manuel. Puede haberse tratado de una confusión.

Ya sabemos adónde van a parar los vestigios que traen información confusa o errónea, los mal catalogados o de origen bastardo o desconocido. Sin contexto arqueológico no hay hallazgo. En 1885 Florentino Ameghino, el naturalista argentino de la teoría autoctonista del hombre americano, escribió que «todo objeto, por raro y curioso que sea, sobre el que no se tengan datos exactos sobre su procedencia y condiciones de yacimiento, no tiene importancia alguna y debe ser eliminado de toda colección formada con verdadero método científico».

Pobres huacos. Qué nazi la ciencia. Los objetos sin contexto de la colección Wiener, por ejemplo, se conservan en los almacenes del museo del quai Branly, figuran en el inventario general pero nadie que visite el museo puede verlos. Se esconden en sus sótanos desde que la arqueología se volvió una ciencia seria, porque afuera hacen demasiado ruido, como el fantasma de una momia, como Juan o mi apellido. ¿Adónde irán a parar las personas sin datos exactos de procedencia, qué fosa común los acoge en vida?

–No tengo idea sobre este asunto –me dijo ese día Riviale por teléfono–. Conozco la anécdota relatada en *Perú y Bolivia* acerca de esta «adopción» pero no tengo ni idea de lo que ocurrió después con ese niño. Tampoco he tenido nunca ningún contacto con descendientes directos en Francia. A mí también me gustaría encontrar un descendiente de Wiener pero no sé cómo ubicarlos.

Riviale ya me ha negado tres veces. Aquí me tiene pero no me quiere. Desclasificada. Mal atribuida. No necesariamente auténtica. Otra falsa hazaña. Estoy muy lejos de ser una descendiente a su medida, útil para sus libros. Si yo soy dudosa, el otro indio es un personaje literario, algo un poco peor. «Descubrimientos imaginarios», llama el académico a los fraudes marca Wiener. No hay un niño perdido, ni encontrado, ni inventado, ni borrado. Ni familia que lo niegue, ni nada a qué agarrarse. Ahora soy yo la que está perdida. Este es el final del callejón sin salida. No hay una rama en ese árbol de la que columpiarme, ni siquiera puedo hacerlo del pequeño arbusto que sembré con el amor de otras dos personas porque soy una mala jardinera, porque lo regué de ácido, y está seco y endeble. No hay tampoco la seguridad de algo así como un apellido. Nada más que el arbitrario y maníaco uso de un nombre al lado de otro nombre arbitrario. No quiere decir nada y quiere decirlo todo. Un amigo historiador dice que los apellidos son una excusa para explorar. Y aquí estoy, sin una puta idea de nada.

Quedan unos días para la siguiente sesión de «Descolonizando mi deseo» y estoy en la cama con la barranquillera, leyéndole poemas y relatos a ver cuál le gusta y le parece más apropiado para leer en su taller. Ya hemos hablado sin parar de mi tatarabuelo huaquero y ella me ha contado de su tatarabuelo esclavo. Mientras me lame y acaricia de la cabeza a los pies, le leo un texto que escribí sobre una anécdota que me ocurrió con la abuela de Roci.

–Quieta, quiero que lo escuches.

Me había hablado mucho de su abuelita. Del chalet ese de su infancia que vendieron después de la muerte del abuelo. Del barrio burgués aquel de Madrid donde toda la gente es igual. De cómo esa mujer había hecho para criar a una familia numerosa, a hijos y nietos con la misma dedicación y cariño. De su elegancia y distinción. Y, por supuesto, del escudo franquista en su salón junto a la Virgen. Bromeábamos mucho sobre cómo sería ese encuentro, ese choque de mundos el día que conociera a su abuela.

Ya estaba bastante mayor, así que ni siquiera íbamos a dar más explicaciones sobre nosotras, si acaso las justas. Ese día era su fiesta de cumpleaños y estábamos en la casa de uno de sus tíos, había una paella en el horno y niños jugando por todos lados. Pensé llegar a su abuela como se llega a un país que no es el tuyo, saludando e intentando pasar desapercibida. Pensé que se podía. A veces olvido que aquí no puedo camuflarme con el fondo, pero lo procuro. La situación me imponía un poco con todos sus tíos bebiendo cerveza y coreando himnos militares. Sentadas en el patio alrededor de una mesa, un puñado de mujeres acompañábamos a la matriarca entrañable. Ya nos habían presentado, el día festivo transcurría casi alegre y yo con él.

Entonces, de refilón oigo a la abuela hablar, le está preguntando a alguien por mí, concretamente le está preguntando a una de sus hijas «qué tal trabajo». Su voz cruza delante de mí, me atraviesa sin tocarme, no me lo pregunta a mí, se lo pregunta a alguien que tenga una voz, que pueda responder por mí lo que yo no puedo, como pidiendo referencias mías. Le intentan explicar que se está equivocando, una de las tías de mi chica se desvive intentando explicarle que yo soy la amiga de su nieta, la periodista que escribe cosas. ¡Ella escribe en *El País*, mamá!, exclama. Pero ella no se da cuenta de lo que está pasando y esta vez se dirige a mí para preguntarme cuántas casas limpio, porque la mujer paraguaya que trabaja en la suya se va a ir a fin de mes a su país de vacaciones y ella se va a quedar sola. Ahora viene a mi cabeza la anécdota desopilante que me contó, la fiesta familiar de disfraces en la que la abuela se disfrazó de María Antonieta e hizo que su cuidadora se disfrazara de criada. Sabíamos que no iba a ser fácil. Además, tampoco es el chat de los policías municipales de Madrid, tampoco me ha dicho «comida para peces». Pobre, estoy convencida de que no quería ofenderme, solo ha visto que soy sudaca y para ella todas las sudacas limpiamos casas. Así es el estereotipo. Pero cómo juzgarla. Vivió una dictadura, fue educada para complacer a otros, a la sombra de un marido, en un mundo masculino, reproduciéndose hasta que el cuerpo aguante, en una sociedad ultracatólica y castrante para las mujeres. Yo no. Me acuerdo de mi propia abuela Victoria, que era andina y bien racista, se rechazaba a sí misma como tantos cholos, ocultaba su origen andino porque andino quería decir pobre y explotado, no quería ser como su mamá Josefina. Para no ser discriminado allí hay que pasarse al otro bando, hay que convertirse en discriminador. Hablaba de los cholos con desprecio y aunque no limpió casas ajenas fue obrera y pobre y luchó por dejar de serlo. Qué gracioso hubiera sido juntarlas. Mujeres, al fin, como yo, como ella, tan distintas.

Intento reírme, fingir durante unos segundos que la situación no me ha violentado. Compartir con el resto de mujeres miradas cómplices sobre esas viejas generaciones de señoras españolas que vivían en peceras y no se enteraban, ellas que dejarán cuando se vayan lo mejor y lo peor de su mundo que también agoniza. Me hubiera gustado escucharla, sonreír, menear la cabeza, cogerla de la mano, decir algo divertido y atesorar la anécdota junto a las veces en que me confundieron con la niñera de mi propia hija en un parque de Barcelona o cuando un señor en una farmacia limeña me dijo que nos fuéramos a su casa porque «necesitaban muchacha». Y contar la anécdota entre risas a nuestros amigos. No olvidar nunca el famoso día en que conocí a su abuelita y me quiso llevar pa su casa. Y ya.

Pero esta vez no puedo, me quedo callada, me levanto discretamente de la mesa y voy al baño porque tengo el pecho lleno de algo, como de un ruido colosal, y sollozo. Me enfado menos con su abuelita que conmigo misma por volver a sentir esa herida. La de mi abuelita Vicki y la de tantas en las que se intersectan otros dolores en un cuerpo parecido. ¿Por qué lloro? ¿Por qué me ofende? ¿Porque yo fui a la universidad? ¿Porque no quise ser Victoria que no quiso ser Josefina? ¿Porque yo también considero que ser una trabajadora del hogar es ser menos que una periodista que escribe en *El País*? ¿Porque eso me recuerda mi racialización, la raza que siempre ha sido y siempre será la medida de mí misma? Porque duele que vuelvan a meterme entera en ese casillero de sus cabezas. Porque soy Victoria y no lo soy.

Pienso en los esquimales que pueden ver hasta veinte tonos de blanco mientras aquí seguimos siendo incapaces de ver los matices. Vivimos con ese otro al que preferimos no conocer, al que se estereotipa, niega, encierra y deporta.

España es la abuelita.

Viene entonces su nieta, que es blanca y española como ella, pero que es otra, entra al baño donde lloro, me ve y me levanta la camiseta y me besa los pezones negros no para legitimarme sino para que deje de llorar. Lo hago y salgo otra vez al extranjero.

—Ahí termina.

—Me encanta.

—Bueno, no tiene toda la sexopolítica que te gustaría. Algún día quiero escribir un poema que se titule «Panchilandia»… no sé qué va a decir pero quiero que se titule así… ¿Tú sabes por qué nos llaman panchitos en España?

—Por los kikos. Los kikos son los panchitos.

—Claro, en Perú se llama canchita.

—Porque somos como bolitas tostadas y saladas.

—Yo no tenía idea. Pero una vez dijeron «Ahí vienen los panchitos» cuando llegábamos con Jaime y tuve que averiguar. Me gusta hablar de estas cosas con ella. La barranquillera llegó a Madrid cuando tenía ocho años. Cuando tenía diez, los chicos de su colegio del barrio de Pedro Rico le hicieron una pintada en la puerta de su casa: «Conguito». No lo borró. Uno de los vándalos era hijo de un jugador del Real Madrid. Otro día vinieron hasta su ventana y le cantaron la canción de los conguitos. Luego ya vino el puta sudaca. Me arrebata. Mi deseo por Lucre es una cicatriz gemela. A mí los niños me cantaban la negra Tomasa. Se monta sobre mí, pega su pubis al mío, se inclina para olerme, nuestras tetas negras se solapan sudorosas, me dice que no busque más, que es perfecto.

—Me encanta, la abuela es España y tú te follas a su nieta. Y ahora a la Gran Colombia.

Nos reímos. Pero por dentro yo no me río tanto. En un rato tendré que volver a casa y «gestionar». «Gestiona, Gabi, gestiona», ríe Lucre de mi desbarajuste. Como si pudiera sacarme una enfermedad del ojo de la chistera. No hace falta. Ahora ella me lee un poema suyo sobre los chicos latinos que murieron arrollados por un tren en el apeadero de Castelldefels, cuando intentaban cruzar las vías a pie por un lugar no autorizado para celebrar en la playa la fiesta de San Juan, la llegada del solsticio de verano. Esa fiesta ajena en pleno junio, cómo nos gusta. Se parece tanto a nuestro fin de año tórrido y playero. Eran todos hijos adolescentes de latinoamericanos que vienen a España a cuidar, a levantar edificios. Adolescentes que se pasan la vida solos en casa porque sus madres y padres están cuidando los hijos de otros. Y esa noche salían, horadaban su abandono, le metían un petardo lleno de luz en el culo al sistema, solo por una noche quemaban los muñecos de sus odios. Me dan ganas de llorar, le digo. Esa maldita playa nos recuerda tanto a las costas del Pacífico. Yo también iba mucho atraída por el horizonte alargado hasta el infinito y la planicie de arena cuando vivía en Barcelona. En su poema, el accidente es una metáfora exacta de la migración: gente que intenta cruzar y muere sin llegar al otro lado. Un poema con una letanía: «Latinos, imprudentes, temerarios, insensatos, incívicos, inconscientes latinos». Eso que les gritó la gente, los políticos, los periódicos.

—¿Sabes lo que me dijo uno de mis amigos peruanos que ya vivía en España la primera vez que me acompañó a montarme al metro?

—¿Qué te dijo?

—Me dijo, Gabriela, ¿te diste cuenta de que les damos miedo? Y yo, que no me había fijado, que solo conocía la mirada de desprecio de la blanquitud de mi país, miré por primera vez bien las caras de los señores y señoras españoles y tuve que darle la razón. Vi que apretaban sus bolsos con disimulo. Que algo les perturbaba de nuestro ruido. Y ese solo descubrimiento me llenó de un pequeño poder inesperado.

Yo no tenía que cruzar las vías del tren porque ya iba en uno, pero mientras viajáramos juntos iba a darles miedo, mucho miedo.

—¿Cómo es posible que el gozo del cruce de nuestras corporalidades nos haya sido por sistema ocultado, consolidándolo en nuestro imaginario como un deseo inexistente y negado?

Lucre habla así en un día normal y soleado, lo juro, da una calada a su piti, me besa entre risas extrañas e insiste en que lea el texto de la abuelita o escriba «Panchilandia». Atrae mi cara hacia sus dientes y declara que tiene que comerme ahora, otra vez, por favor. Reprimo cualquier pensamiento sobre Jaime y Roci mientras suena en mi cabeza esa voz: latina, insensata, incívica, inconsciente, qué vas a hacer, estás cruzando la vía por donde no es, imprudente, y ya viene el tren a 150 kilómetros por hora. Se pone detrás de mí, moviéndose lento hasta pillar un ritmo constante y cada vez más fuerte de embestidas, me penetra por delante y por detrás, con los dedos, luego con el hueso frío de cristal, profundo, continuo, rápido, el calor se extiende, todo arde, yo gimo de gusto, aprieto los ojos, baño su mano y ella solo atina a decir ya está, estás descolonizada.

Hasta ahora solo has sido para mí el niño de esa horrible escena en que fuiste comprado por unas monedas y trasladado a Europa con fines científicos. Charles te usó para mostrarse como salvador. Es más, pudo haberte inventado. Yo te convertí en el símbolo en el que quiero reconocerme más que en mi propio antepasado. También te descarné. Te hice idea, pieza ósea de mi relato.

El robo de niños que ahora conocemos empieza con niños como tú, es uno de los deportes coloniales por excelencia. En Australia el gobierno robó de sus familias a toda una generación de niños aborígenes. Al menos hace unos años pidieron perdón. Aquí en España, donde vivo, el franquismo robó miles de niños arrebatados a sus madres republicanas, cautivas o asesinadas. Pero nadie ha pedido perdón por ello.

¿Debería llamarte bisabuelo o tío Juan? Para mí eres extrañeza, otra forma de buscarnos en los vertederos del Viejo Mundo donde tú y yo fuimos a parar. No me preguntes por qué.

Pero ¿quién fuiste de verdad? ¿Dónde viviste? ¿Tuviste descendencia? ¿Fueron tus hijos cholos, la mezcla del indio y el blanco del peruano promedio? A tu raptor, un hombre de su tiempo, le encantaban estas clasificaciones étnicas. En su libro escribe de todas las posibles combinaciones y las ilustra con viñetas. Recuerdo al cuarterón, que no tiene más de veinticinco por ciento de sangre negra o el requinterón, con doce y medio por ciento. ¿Cuál será el porcentaje exacto de las razas en mi sangre, cuáles mis niveles de pureza?

¿Usaste el apellido Wiener? Fuiste, a lo mejor, otro ser inciertamente Wiener. Te despertaste un día en París y te vestiste como esa gente y saliste con tu cara de huaco retrato, como la mía, a caminar por los puentes del Sena, como si fueras mi gemelo perdido en el tiempo. Viste desde ahí nacer el siglo XX, ese siglo en el que los blancos europeos mataron a otros blancos europeos por no ser lo bastante blancos y por fin se llamó genocidio al genocidio. ¿Qué podías esperar para ti mismo?

Quiero encontrarte pero en realidad no quiero. Temo que cualquier aparición del Juan real mate al Juan simbólico, dejándome huérfana nuevamente.

Es la hora en que hablo con mi madre, cuando no hay nadie en casa y mi hija no ha vuelto del cole, cuando mi mamá despierta y yo dejo de escribir artículos para freír pollo. Coloco la computadora sobre la mesa de la cocina y espero que aparezca su cara deseosa de información. Preferiría no hacerlo ahora que no sé qué hacer con mi vida porque esa mujer huele la sangre. Incluso a larga distancia. Y no quiero que me sermonee, ni se angustie por mí. Pero si desaparezco también se lo huele y envía esos mensajitos suspicaces en los que dice solo «Gabriela, me preocupas». ¡Que abandone toda esperanza de que voy a contarle alguna verdad sobre mi vida! No voy a decirle que mi relación de a tres hace aguas. No voy a hablarle de mis celos, de mis mentiras, de que intento curar una vieja herida acostándome con otra mujer como yo. Pero ella pretenderá saberlo todo antes siquiera de que haya abierto la boca.

Tenía esas ideas de madre antigua de querer lo mejor para mí, de verme estudiar fuera, migrar a un lugar mejor. Ahora tiene que aguantarse hablar conmigo de temas trascendentales por videollamada mientras hago la comida. Por ejemplo, del niño adoptado por Charles Wiener y mi incierto apellido. Y lo hace a su manera.

—Bueno, Gabriela. Intenta conectarte espiritualmente con

tu tatarabuelo y háblale, dile tus dudas, tu rabia, lo que sientes. Yo lo hago con papá cada día. Me quedo mirando durante horas el retrato que le pintaron y le digo todas sus verdades, luego lo perdono y hasta beso su cara al óleo.

—Mamá, tú que crees en todo, deberías decirle a Carlos que te lea el tarot y preguntarle cosas sobre el duelo de papá. Es muy divertido.

Carlos fue el amigo más joven de mi padre y su discípulo. El marxismo leninismo que le inoculó no logró quitarle su debilidad por la magia. A mi papá le leyó la baraja por primera vez horas antes de morir. Tumbado en su cama de hospital qué más daba ya caer un rato en manos de supercherías del capitalismo alienante. Carlos me contó que al oír la lectura de sus cartas mi papá hizo con la boca su clásico sonido de pedorreta que hacía cuando un tema le interesaba un reverendo pepino. Básicamente el tarot le decía que iba a morir. Se murió ateo y sin creer en nada más allá de la revolución. Ni siquiera en la muerte.

—No sé, no necesito el tarot... ¿En qué estás hijita?

Ya se ha dado cuenta de que intento irme por la tangente y está ansiosa. La mejor manera de contraatacar es contestarle con alguna pregunta para ella. Por lo general cuando pasa esto le digo que se me quema el arroz y que la llamo luego. Pero esta vez no, esta vez voy a seguir. Embadurno otra pechuga con huevo batido y la paso por el pan rallado, la lanzo a la sartén y me salpico la mano de aceite caliente. Puteo un poco y mi mamá me reprende porque cree que si maldigo me enveneno el alma.

—Mamá, ¿tú sabías que papá durante un tiempo usó un parche en el ojo?

Al principio, mi madre no sabe de qué le hablo, pero después ya sabe adónde quiero llegar. Hemos hablado del tema de la infidelidad y la doble vida de mi padre varias veces a lo largo de los años, siempre de manera dolorosa, incompleta, vaga, entre la evasiva y los silencios que lo dicen todo. Durante un tiempo quise correr a decírselo, durante años me sentí culpable por no ser más explícita. Al final, nunca hizo falta que le preguntara qué tanto fue engañada, qué tanto tuvo que hacer la vista gorda, qué tanto aceptó. Ella sabe que yo sé. Yo sé que ella sabe. Y así hemos sobrevivido a la vida y a la muerte. Cuando le cuento la historia del parche no puede evitar sonreír pensando en el lado tonto de la anécdota. ¡Ay, tu padre, pobre hombre!, musita. No creo que ignore sus significados profundos. Lo digo y enseguida quiero callarme la boca para siempre, hundir mis manos en los píxeles y sacar a mi madre de donde la he metido, hacerla aparecer en esta cocina para abrazar sus piernas pidiéndole perdón por haber quebrantado su paz.

—Hija mía, ojalá tu hermana y tú me perdonen algún día no haber podido abandonar a vuestro padre a pesar del engaño. Quizá ustedes esperaron eso de mí siempre, y yo las defraudé.

Dice eso pero nota mis ojos de desesperación. Cómo vas a pedir perdón tú, mamá. Qué estás diciendo. Y se apresura a decirme, con su habitual manía de protegerme y no dejarme caer ni siquiera cuando he planeado yo misma mi propia caída, que no me preocupe, que no se ha conmovido y no está llorando, ni llorará. Que a lo sumo volverá a pelearse con el cuadro al óleo de papá al fondo del pasillo y seguro también un día acabará perdonándolo. Yo volteo los filetes, vuelta y vuelta, en la sartén, para que no me vea la cara.

—Ruego que tú también encuentres la mejor manera de amar y ser amada. Voy a ponerme mi música de Loreena Mc-Kennitt y me dejará en estado Minerva.

—Dirás nirvana.

—No, Minerva. Gabriela, cuídate, te expones demasiado. Chau, hijita.

Si hay algo que hicimos bien fue alquilar este gris local industrial y adaptarlo como una casa. Teníamos poco tiempo en lo de ser tres pero ya intuíamos que en uno de esos pisitos de Madrid este zafarrancho iba a ser inviable. La habitabilidad es relativa aquí, le faltan muchísimas cosas para ser una casa pero tiene lo principal, espacio para salir corriendo cuando hace falta, por ejemplo. Las cuatro habitaciones, el sótano, un patio, han sido respiraderos en cada crisis. Y nos cuesta 500 euros al mes, algo que podemos pagar entre los tres sin tener que autoexplotarnos demasiado. En algunas esquinas tejen las arañas y una vez se metió un ratón. Trabajamos y dormimos entre estas paredes altas y rugosas de concreto. En ningún otro sitio habría cabido la cama de casi tres metros. Ni la pareja heterosexual de veinte años con una hija que somos Jaime y yo. Ni la joven pareja lésbica que somos Roci y yo. Ni el vínculo extraño y sin nombre que conforman Jaime y Roci. Ni el trío. Ni los fantasmas. Ni los sueños. Ni los infiernos individuales, ni los colectivos. Todo esto junto subsiste en parte por este lugar.

Jaime y yo estamos sentados en la mesa alargada de madera del salón, cada uno en un extremo tecleando artículos para medios de prensa por los que nos pagarán tarde y mal. La luz del patio se cuela por el cristal de la puerta. De fondo el azul del cielo de Madrid me hace agradecer no estar viendo ahora cómo empeora el gris del cielo limeño con las insistentes lloviznas. Veo a nuestro conejo mordisquear una zanahoria no muy lejos de sus cacas.

Roci acaba de dar un portazo de buena mañana. La noche empezó con una pregunta mía nada inocente sobre su deseo por alguien, eso llevó a una respuesta cruda sobre mi control, lo que desencadenó a su vez una lluvia de reproches mutuos que incluyó referencias a mis últimos romances fuera del trío, asentando una gresca rica en palabras lacerantes que abren heridas que arrancan desconsuelos. El pack de siempre. Hemos sacado las momias del armario y no hay cómo devolverlas.

Atravesamos la noche despiertas en algún rincón del sótano, para que no nos oigan, llorando yo, ansiosa ella, como cientos de otras noches, queriendo a la vez dejarla para siempre y hacerle el amor en el acto. Ella gritándome que así solo consigo lo contrario a lo que quiero. Es tan racional para amar como para pelear. Yo solo ansío que me toque y me seque las lágrimas. No tiene la culpa de no saberlo. Ojalá mi novia fuera dacrifílica, una de ese grupo de pervertidos que se excitan con las lágrimas, y llegara al orgasmo solo viéndome llorar por ella. Sería multiorgásmica. Pero mi maraña es más antigua que su inapetencia.

Vivo con dolor no ser sexualmente correspondida. El deseo no satisfecho es extenuante, me duele como nada. Necesito demasiado sexo para olvidar lo poco que me quiero, lo poco que me quisieron. Pero es un pez que se muerde la cola, el exceso de ímpetu, de demanda, esa necesidad de ser consolada sexo mediante, no erotiza a nadie, más bien espanta.

He indagado a mi pesar en el trauma y, sospecho, viene de una época en que decidí que el sexo sería mi resistencia, mi poder, lo único mío, lo que reemplazaría al amor propio o ajeno, sobre todo al vacío; por eso soy incapaz de lidiar con el rechazo de mi cuerpo desnudo, acongojado y deseante. He corrido vengativa a los brazos de Jaime, mi marido pobre, poeta y cholo como yo. Él sabe lo que se siente al no tener nada. También en el dolor me trafico. Recurro al utilitarismo de la bigamia. Tampoco va a follarme esta noche pero tengo menos frío que durmiendo con Roci. Ella vuelve por mí, me exige retornar a mi condena, a comer techo y espalda toda la noche a su lado. Pero no, por fin me abraza, su pequeño cuerpo huesudo me acoge con ternura hasta que agoto mis intenciones, desisto, duermo.

Venimos de no tener nada. Por eso queremos vivir un rato en el mundo al revés en el que tenemos todo. En uno en que nos sacan a bailar a nosotras primero. En el que tenemos dos maridos y dos amantes. Todavía no puedo dejar de despreciarme, no olvido las miradas crueles, ni las condescendientes. Era tan bonita sin saberlo pero me afearon, me hicieron un monstruo irreversible. Ahora vas a saber lo que es el miedo, el miedo al abandono convertido en arma arrojadiza. ¿Acaso no se transfieren las formas del deseo y del amor? ¿Acaso el «abandono original», el de Charles a María Rodríguez, no opera en las sombras de mi linaje? ¿Y el de mi padre, el cincuenta por ciento que dejó con nosotras? Quiero hablar con mi madre, que me cuente toda su vida sexual, como se cuenta una enfermedad compartida. ¿Cuántos abandonos llevamos como información en las células? ¿Cuánto de estos celos se activa como un escudo protector?

Sudacas celosas y posesivas, excesivas, pegajosas, despreciadas, chamuscadas, victimistas. Delirando entre la telenovela y el bolero.

Soy, es probable, la única persona en esta casa que se ha acostado con alguien más y la única que desconfía patológicamente de los otros. ¿Sería cínico admitir que me gustaría ser la que no folla pero confía?

Amanece sin estridencias. Y la rutina poco a poco se impone sobre el silencio hasta su portazo. El polvo se levanta unos metros del suelo y vuelve a caer. Jaime me mira sin decir una palabra desde el otro lado de nuestra mesa de trabajo, antes le lloraba a él, era él quien me socorría de las noches interminables en las que yo llegaba solitaria a la conclusión de que era imposible amarme y desearme, pidiendo lo que nunca debe pedirse: más, siempre más; sabe que mi cara de rana deformada significa que lo hice otra vez, que he espantado a Roci con mi mierda. Tecleamos con energía para encubrir este silencio tenso que ha dejado atrás su partida. Le hago alguna pregunta. Contesta con monosílabos. Me pide que le alcance un libro, lo deslizo por la mesa hasta sus manos. Ya llevamos un par de horas evitándonos, mirándonos de reojo cuando el otro no se da cuenta. Suena mi teléfono. Es Roci. Está llorando o algo así.

—Gabi, estoy aquí con Paula y me he comprado un predictor, hemos entrado al baño de un bar y me ha salido positivo.

Le digo ven, solo ven por favor, de inmediato. Se lo cuento a Jaime balbuceando. Nos abrazamos sin poder hacer nada bien a la vez, ni hablar, ni respirar, ni sorbernos las lágrimas, ni atacarnos de nervios. La euforia nos alcanza lo suficiente para esperar a Roci, para darle una vuelta en el aire, para contárselo a nuestra hija con todo el alboroto y más tarde tumbarnos los tres en la cama gigante, quedarnos quietos durante horas en una alegría diáfana, la primera en tantos meses desde que murió papá, nada más que imaginando la fuerza plena y feroz de nuestro lazo, abrazados como si del centro de las sábanas fuera a brotar un huracán o un vórtice o un bebé, arrojándonos adentro y afuera, tomándonos y también soltándonos, mirando al techo con los ojos puestos en un lugar ya no tan lejano. Algo germinó fuera del árbol.

Muy al principio, cuando llevábamos poco tiempo de conocernos, le escribí a Roci un poema distópico, uno en el que yo estaba presa en un campo de concentración. Ella ya llevaba fuera mucho tiempo antes y me ayudaba a salir y éramos felices. Roci me contestó con otro poema que decía que prisionero y tirano son una y la misma cosa, que ambos le producían la misma aversión. Y que eso era lo único que la mantenía cuerda.

Querida hijita insolente:

Me preguntaste el otro día algunas cosas sobre mí que creías podían ayudarte a entenderte un poco a ti misma. Querías saber cómo había vivido mi sexualidad y mis relaciones amorosas. Y pensé que lo mejor era escribirte esta carta. Soy tu conejillo de Indias. Pensar en explicarte mi vida sexual es como usar una cuchara para escarbar de la superficie a lo más íntimo. Creo que la sexualidad no se puede entender separada de las otras dimensiones de la vida. Y me gusta vivirlo con sutileza, debe ser porque he visto últimamente muchas películas chinas, me gusta cuando hay una conexión íntima de dos personas, no pienso en tres o en cuatro. Bueno, espero que te sea útil y ya sabes, el límite de todo lo que hacemos es evitar el dolor de los que amamos.

Mi primera vez fue con el hombre que dos años después sería mi marido por lo civil y religioso. Años después un amigo mío me reprendería por haberme casado por la Iglesia cuando yo ya era una marxista militante y atea. No sería la única incoherencia en mi vida.

Nos conocimos en la militancia política y unidos en ideales de cambios y revoluciones, primero cubanistas, che guevaristas y luego antiestalinistas y trotskistas. Hablábamos y caminábamos mucho. Yo enamorada de esa mente que conocía todas las guerras habidas y por haber, que tenía el afán de cambiar el mundo, y escribía sobre todo, pero que no hablaba de sus sentimientos, ni de temas familiares, que tenía unos ojos alegres. Me enamoré locamente de él, y terminadas las reuniones de la militancia, que eran puras discusiones, enfilábamos la huida para tomarnos de la mano, fumar del mismo cigarrillo, abrazarnos y besarnos. Con todas las hormonas moviéndose a mil por hora, lo hicimos por primera vez en una playa que recuerdo con algunos arbustos verdes, entre la arena y el mar. Con entrega total de ambos, fue un encuentro maravilloso. Así fui descubriendo mi deseo sexual, y mi capacidad para tener cada vez más orgasmos, que era mi orgullo, y la capacidad de mi pareja de hacerme feliz sexualmente. Nunca le pregunté ni me interesó si él había tenido antes relaciones sexuales con otras mujeres. La primera vez que hicimos el amor hubo sangre, pero no era la mía, sino la de él; se le había desprendido una parte de la membrana del prepucio. Me burlaba de él diciéndole que yo había roto su virginidad. Unos meses después de este encuentro, en un local donde hacíamos asambleas –pues todavía no habíamos alquilado el que sería luego nuestro cuarto de amor– tuvimos sexo apasionado, y allí fui yo la que sangré. No sabíamos si lo habíamos hecho bien.

En los cincuenta y cinco años que estuvimos juntos el sexo entre nosotros fue fuego, y, cuando se apagaba, no faltaba una crisis que terminara en reconciliación y el sexo volvía a subir potencialmente. El sexo fue un elemento fundamental en nuestra relación de pareja. Todo lo aprendí con él. Fue pasión descontrolada, en un barranco, en un pasadizo, en un dormitorio común, en un campamento de camaradas pero no revueltos, en un baño, en la cárcel, cuando estaba embarazada de ti. Le dejaba escrito en papelitos «Crazy of love for you» en todas partes para recordarle que lo amaba.

Los embarazos fueron una etapa donde descubrí mi dimensión animal. Antes que nada estaban mis hijas, y ese sentimiento era tan poderoso como el sexo. La lactancia fue mi época de sentir otro tipo de gozo, casi orgásmico. A la vez el sexo pasó a segundo lugar y empezaron las dudas, los celos, los míos hacia él. Se me vino toda la formación tradicional, el colegio de monjas que arrancaban las páginas del cuerpo de los libros de biología. Yo pensaba que podía quedarme embarazada con un abrazo. Yo de niña me había metido una vez mi perico en el calzón, me hizo sentir cosquillas y algo bueno. Pero las monjas hicieron bien su trabajo y no me masturbé hasta que quedé viuda.

Volviendo al tema, era mamá y ya no me sentía bonita, subí de peso y comencé a buscar yo más el sexo que él.

Podíamos llegar agotados a casa y el sexo era fuerza regeneradora de energía; podíamos haber estado peleados y hartos, y nuestras miradas, nuestros cuerpos, se amaban a pesar de la cólera o el hartazgo, la tristeza o el agobio. Todo quedaba atrás cuando desnudábamos nuestras almas, las carencias y penas que había que superar y aliviar; entonces el sexo era sentimiento, ternura y plenitud, y mis ojos se llenaban de lágrimas y de verdad era algo mágico y espiritual.

Desde que empezamos nuestra relación amorosa yo manejaba el discurso de que no éramos propiedad de nadie, y que las relaciones entre hombres y mujeres siempre serán de atracción, y debíamos ser honestos y contarnos nuestros encuentros amorosos. Hubo épocas en las que yo le contaba mis andanzas de breves enamoramientos y él me contaba que tenía a alguien en la cabeza. En mis viajes de trabajo conocí hombres interesantes, nada del otro mundo como para reemplazar a «mi» hombre, otra incoherencia. Así, tuve relaciones sexuales extramatrimoniales con unos cuatro hombres, cuando estaba entre los cuarenta y los cincuenta años. Él me hablaba de mujeres que querían estar con él y que él empezaba a tener sentimientos de preocupación por ellas. Una de ellas se convirtió en «la otra», porque yo era la «amante esposa», y empezaron las crisis, las separaciones temporales, desconfianzas, dudas, llantos, y reconciliaciones.

Sí, he llorado viendo la espalda de mi marido dormido insensible a mi necesidad del abrazo y del sexo que pedían mi cuerpo. Y he llorado como adolescente cuando mi amante no me llamaba o algún encuentro no culminaba en sexo. He llorado llegando a un orgasmo fabuloso. Era mi época de las hormonas saltarinas de los cuarenta.

No puedo decir que alguna vez dejé de amarlo. Si me quitaba el sueño otra persona pensaba que era mi derecho a sentir, vivir, probar, y me decía a mí misma: soy Doña Juana, me gustan, pero «mi hombre» sigue siendo él. Nunca le conté de estas relaciones, y él nunca me preguntó si yo le había sacado la vuelta. Nunca acepté que estuviera con las dos, siempre me juró que eso había acabado.

Si lo que nos pasó fuera un libro para mí el final debería ser el de esas dos mujeres que amamos al mismo hombre, que quedamos viudas, y el día de su muerte nos fundimos en un abrazo fuerte y sincero, con un llanto dolido, porque fue lo que cerró el capítulo de los tiempos compartidos, de sus mentiras para no herir a una y otra, los celos, los dobles presupuestos, los momentos de felicidad vivida a medias, la enfermedad y la muerte.

Tuve celos en alguna época, sufrí, insulté y lloré, pero me pregunté qué quiero, y me respondí lo amo, lo amo, con todo. Y perdoné de verdad, amé a su hija como si fuera mía y sumergí el dolor que esta infidelidad trajo a mis hijas adoradas. Siempre me dije, soy mujer, tengo hijas mujeres, no me gustaría que fueran engañadas, que su luz y alegría de saberse amadas y únicas se apague. Vivimos un drama, lo supimos llevar a cuestas, pero nos dio mayor humanidad. Y yo no podía tirar la primera piedra. Defiendo el derecho que tenemos de enamorarnos, y el derecho a vivir con la persona que nos hace felices sexualmente y con la que podemos reír y llorar, con la que podemos ser transparentes y confiadas, sin tener que dar explicaciones. Crazy of love for you.

Fin de la confesión de la madre que te parió.

Te amo, hija.

Las dos mujeres de mi padre se encontraron en la habitación del hospital donde iba a morirse. La amante que quería ser la esposa y la esposa que quería ser la amante. Respetaron sus espacios y sus tiempos en la despedida. como habían hecho toda la vida. Se hicieron a un lado cuando tocó. Y velaron con dignidad su cajón rodeadas de la izquierda radical y de la izquierda caviar. No fingieron. Remontaron la tragedia. Barrieron y recogieron los restos de la fiesta de otro. Enterraron el parche junto al resto de su ajuar funerario. Y se fueron cada una por su lado.

Post en el grupo de la familia Wiener

Queridas y queridos. Quizá, solamente quizá, a pesar de lo que hayamos escuchado toda nuestra vida, no seamos descendientes de Charles Wiener. Hay una alta posibilidad de que sí lo seamos, pero la duda es razonable. Con toda seguridad lo que sí somos es descendientes de María Rodríguez, aquella mujer de la que no sabemos nada. Estoy segura de que alguna o alguno de nosotros algún día seguirá su pista y podremos recuperarla para la memoria familiar aún incompleta. He investigado un poco y tampoco hay dato o registro oficial de la descendencia de Charles, pero no dudo de que haya podido regar su semilla por cada país en el que le tocó desarrollar su trabajo diplomático, de México a Brasil. De hecho hay una Gabriela Wiener, arquitecta mexicana, que es mi amiga en Facebook y nos felicitamos por nuestros cumpleaños. ¿Sabían que mi hija se apellida Rodríguez Wiener? Su padre es un Rodríguez, como miles de personas con ese apellido español. Pero, igual, qué curioso, ¿no? El orden de los apellidos se invierte. El Rodríguez de María adelanta al Wiener de Charles y aparece el Nuevo Mundo.

Ahora me dedico a cuidar el huevo de otro animal. Le hemos llamado Amaru Wiener. Para que tenga el apellido de los tres. Aún no es legal tener tres apellidos, ni tres padres. Así que Wiener es como un segundo nombre, como Werner o William. Nunca el apellido de Charles fue tan poco apellido. Y a la vez, nunca fue tanto. Me mantengo al margen del hecho natural y del derecho jurídico, no soy su madre por ninguna de estas razones, lo soy por otras. Y Amaru no deja de ser un hijo nacido fuera de mi matrimonio que crece dentro de él y del vínculo que tengo con su madre. De todas las supremacías, la de unos hijos sobre otros es una de las más estúpidas. El Deuteronomio dice que el bastardo solo podrá entrar en la asamblea del señor hasta la décima generación. No vamos a esperar tanto. El primer nombre de mi hijo es quechua. El amaru es la serpiente alada, cabeza de llama y cola de pez, un animal mitológico. También es el rayo en una de sus metamorfosis, la luz que fertiliza antes del ruido y la lluvia. En sus escamas está escrito el absoluto, grabado todo lo que existe. Es la deidad de los ríos serpenteantes y un puente entre el cielo, la tierra y el agua. Es un viajero entre mundos. Tiene los rasgos de Roci pero el conjunto de su cara me recuerda a Jaime. Cuando nació estaba tan rojo que pensé que se parecía a mí, pero poco a poco se ha ido aclarando y ahora es un niño blanco, casi rubio, que come cosas picantes y juega con dinosaurios. Los especialistas lo llamarían mestizo. Mi hija chola adolescente agregaría: con passing. Mi historia con él es como la del tiranosaurio rex que cría al bebé alosaurio vegetariano o como cualquiera de sus cuentos de nidos equivocados. Pero uno que acaba bien. Una mamá rex que teme al agua y un niño nadador. O mamá dragona y su bebé que no echa fuego. Amaru tiene un montón de familia, contando a la española, tres abuelas por lo menos, o cuatro, si me apuras. A veces viene Lucre a casa y comemos platanitos fritos todos juntos en el patio en el que florece el cercis. En la tierra de ese árbol de hojas con forma de corazón enterré las cenizas de mi papá. Mi madre dice que cuando le salen todas esas flores rosas es porque papá me protege y quiere que lo sepa. Escribo esto mirando ese árbol, cercano y callado como mi padre. Imagino que no me entiende pero me acompaña. Amaru no ha arreglado ninguno de nuestros líos amorosos. Sería como decir que su sola existencia puede acabar con el racismo. Vaya tontería. Pero tampoco vamos a vivir como si no estuviéramos rodeados de dolor. En mis peores momentos pienso que un día se va a dar cuenta de que no somos de la misma manada de criaturas, de que no me quiere, de que no soy nada para él. En mis mejores días me doy cuenta de que tengo que vivir con ese miedo, como con todos los demás. No quiero hacer como que no existe, no quiero que él lo piense. Quiero enseñarle a ver con los dos ojos.

Desde que murió mi papá tengo un juego solitario conmigo misma, ¿o con él?, algo a medio camino entre la muerte y las nuevas tecnologías. Pongo su nombre en mi Gmail y aparecen todos sus correos, elijo uno al azar y lo leo como se leen las tiras de papel de las galletas de la suerte.

Hoy me tocó este mail:

Aquí estoy en mi periódico, que no paga, pero divierte. Sigo peleando con medio mundo. Si no lo hiciera guardaría mis cosas y saldría con un portazo. Mi hermano dice que tengo un sino por la aventura y los trabajos que pagan mal. Puede ser. En todo caso, a mi edad es imposible cambiar la ruta general. Solo que conviene tomarla con calma.

El otro día tuve un sueño feo. Estaba manejando y te llevaba en el carro y estabas enferma con mucho frío. Pero eras chiquita. Me desperté y traté de ordenar mis ideas y me decía: «Pero si ya es grande». Y luego concluí que sigues siendo chiquita y cuidable, para mí.

Otro cumpleaños a la distancia.

Te ama,

Papá

PANCHILANDIA
(En «Descolonizando mi deseo», sesión 3)

La primera vez que me dijeron
que no estaba escribiendo en español.
Que no hablaba correctamente el español.
Vosotros, no ustedes.
Las correcciones son extirpaciones.
«Echar de menos», no «extrañar».
El ciclón tropical lejos del núcleo cálido.
Una iglesia sobre una huaca.
Los cuatro caballos corriendo en direcciones distintas
para desmembrar el cuerpo.
Para cortar nuestras trenzas.
Migrar no es volver a nacer,
es volver a nombrar lo que ya tenía nombre.
Ese teléfono público, cuando existían,
en el que tardé más de la cuenta
y el hombre que no podía esperar
vio en mí a una criatura bajada de los árboles
que folla con las llamas.
Esa fue la primera vez que me gritaron

que me vaya a mi país,

a mi casa.

En realidad,

volvería a casa pero ya no tengo casa.

Así que hice una en la que extrañar

y no echar de menos,

allí puse un nuevo acento a mis afectos.

No sé de qué podría hablar ahora.

Del nido. De la decisión de las aves.

De las estaciones frías.

De las distancias.

De haber sido,

de seguir siendo,

de llegar sin llegar,

de instalarse a medio camino,

de dar miedo, de no poder,

de no querer,

de que te persigan hasta cuando no haces nada,

de dejar muchas vidas atrás,

de perderlo todo,

de empezar de nuevo,

de cero, de abajo,

de las colas, de la ley,

de mi viejo NIE,

de la oportunidad que me dieron,

de todo lo que les debo,

de la maternidad solitaria,

de mi nueva familia,

de jurar ante el rey.

Vivo en España hace dieciocho años,
pero en realidad
habito Panchilandia,
donde todo el mundo sonríe y nos habla con cariño.
Dicen con cariño panchi, panchita, machupicchu, fiesta nacional.
El chiste con el que dicen quererme
hace que parezca normal que no me quieran.
En Forocoches somos la fauna cuyo hábitat es un centro comercial.
Me hablan de la peruanita que le limpia la casa a su amiga Pepa,
qué buena es, se puede confiar en ella.
Creen que es un tema de conversación
que pueden tener conmigo
porque yo también soy una peruanita confiable.
¿Me habrán blanqueado?
¿Cuándo voy a integrarme?
Qué pelo hermoso,
crin de caballo,
qué bien haces el pollo frito.
Qué piel, qué suave,
qué dientes, qué manitos,
tan pequeñas y morenitas.
Podría bajar un bloque de hielo
de la cordillera en mi espalda
para purificar la cosecha.
Me aplaudirías.

Me he reproducido como una flor de cactus
en este territorio ajeno que voy haciendo mío.
Con una mujer blanca y un hombre cholo,
enredamos nuestras tres lenguas para fabricar otro nido.

Polinizados por el picaflor de garganta rubí.

Pero en los parques infantiles soy la niñera de mi hijo
o de cualquiera de sus hijos, de sus madres, de sus padres.
Ni siquiera sé llorar con decoro en los velorios.
Y tampoco quiero.
Solo sé hacer el indio ante la muerte.
Mi teatralidad de culebrón, mis celos endemoniados,
mis exabruptos.
Pero no volverán a cortar mi larga y negra trenza
para tirársela a los perros.

Minucias del privilegio de la migración con papeles.
Hay tantos, sin embargo,
que no volverán a ver sus ríos.
Apenas la odisea
y el agujero negro del interno
en el limbo del refugio.
Los que están aquí mejor que en el otro infierno.
Todo pasa,
encadenándose de norte a sur
como las parras en primavera
Como las pelotas de goma que disparan
mientras nadas en el tramo Marruecos-Ceuta.
Como una zapatilla Nike flotando en el Tarajal.
Mientras el rey esquía
con un completísimo equipo para la nieve.

Nunca dejamos de buscar lo que fuimos
para comenzar a ser lo que soñamos.

En un movimiento que nos aleja de la frontera,
ese lugar entre la vida y la muerte
en la que un diputado de derechas abraza a la policía.

Europa, les disparas en sus países,
les disparas en tus colonias,
les disparas en el agua,
les disparas en las fronteras,
les disparas en sus casas,
les disparas en el corazón.

Mi profesora de geografía en Perú,
la que me enseñó la escala,
la latitud y la longitud del mundo,
le cambia el pañal a tu padre, España.

Ten un poco de decencia.

Luego de un invierno frío como pocas veces se recuerda, siete nativos zulúes murieron de neumonía y gripes fuertes en el llamado, irónicamente, Jardín de Aclimatación. Algunos de los visitantes habían dejado caer con admiración, un tanto miope a decir verdad, la resistencia de aquellas personas calzadas con ojotas y taparrabos a las bajas temperaturas parisinas. También habían elogiado su nobleza innata y su maravillosa simplicidad.

Qué eficazmente ilustrativo les pareció a los paseantes aprender los principios de las ciencias naturales y etnográficas de esta manera y confirmar que Darwin tenía razón: ellos son ellos, los demás son los otros. Se ha construido la otredad.

Pero los curadores franceses quieren ir más allá y han ideado una nueva exposición que se distingue de las exposiciones coloniales habituales. En una de las zonas más frondosas de las 19 hectáreas del jardín, entre las casas de imitación adobe de los nubios, el ficticio campamento de tiendas de los lapones y las cuevas pintadas de los bosquimanos se levanta el Tahuantinsuyo, la exhibición de indígenas peruanos y sus costumbres, la última atracción de la temporada, simulación de otro imperio, uno ya desaparecido, el Incanato.

Unas treinta personas traídas desde Cusco para esta muestra efímera, performan un pasado que el imperio español destruyó por ignorancia y codicia. Con esa mirada de suficiencia, el imperio colonial francés añora lo que podría seguir en pie del antiguo y glorioso reino inca de no ser por el estropicio perpetrado por la corona española. Hablamos de Francia, cuya soberanía terrestre por aquel entonces ya abarcaba todos los continentes.

Los indígenas, ataviados como autoridades incas o hijas del sol para la ocasión, muestran en directo para los visitantes su pericia en las artes manuales, sobre todo la cerámica, la orfebrería y el tejido. Su arte, claro, resulta mediocre para el observador europeo, casi sin alma, en comparación con cualquier expresión plástica local, pero reconocen su valor testimonial. Alguien se sonroja con un huaco erótico expuesto como parte del decorado y no sabe que Charles Wiener ya había calificado a esas figurillas de barro como impúdicas y repulsivas, capaces de traducir en su inocencia naif una corrupción senil. Aquí se puede ver cómo son moldeadas las esculturas por pequeñas manos morenas de nudillos negrísimos. Esto es mejor que ir al cine, es la conclusión general.

Si en la exposición «Pueblo Negro» la idea de los curadores había sido crear esa ilusión exotista de naturaleza salvaje, lo más cercana posible a su remoto mundo, transmitir el peligro de los hombres y la hipersexualidad de las mujeres de las tribus del norte de África conquistadas con crueldad por ejércitos armados hasta los dientes, en la muestra Tahuantinsuyo se intenta recrear un pasado perdido con el ingrediente de la nostalgia. Una utopía rota por la furia conquistadora española y por el soplo vulgar de ingentes cantidades de arena y olvido sobre el sol de los incas. Se trata del señalamiento ilustrado del cientificismo galo a la barbarie de la monarquía hispana convertida en un parque de atracciones crítico. Y es, claro, una autocelebración. Mientras los franceses juegan a la arqueología en Perú, en África reducen a la mitad a la población negra y sientan las bases del racismo científico. En el recorrido del oasis que no verá Atahualpa, unos maniquíes un poco grotescos, barbudos con armaduras y lanzas sobre unos caballos inertes de papel maché parecen acercarse listos para el asalto. Se dirigen a esa especie de gran complejo precolombino dispuesto a manera de una ciudadela perdida entre arbustos tropicales a las faldas de una montaña.

El público delira ante la visión de los indios contextualizados entre bloques de tecnopor pintados como pedrolos labrados. Los pequeños edificios se concentran alrededor de una plaza cuyo centro es una pirámide que limita con una roca plana en la que de vez en cuando uno de los autóctonos se tumba simulando la posición de sacrificio ritual.

Las decenas de viviendas son pequeñas chozas debidamente decoradas con vasijas de oro falso dispuestas sobre las hornacinas. Al lado de cada casa hay un corral en el que pasta una llama. Una mujer quechua da de mamar a su bebé colgado de ella con una manta tejida de rojos intensos al tiempo que mastica una bola de coca para combatir el frío y un hilo verde se desliza desde la comisura de sus labios hasta el suelo, formando un charquito. Todo el conjunto está rodeado por una larga valla de esteras que impide el paso de un universo al otro. Pero de vez en cuando, un niño vestido de pantalones cortos estira la mano para tocar las trenzas blancas y brillantes de una anciana vidente.

Para entonces, ya el Perú se ha independizado de España pero los contratos de semiesclavitud siguen vigentes. Cuando los indígenas de la exposición Tahuantinsuyo fueron llevados hasta allí en un barco se temió que pudieran enfermar de alguno de los virus del momento pero han muerto menos de los que esperaban. Es verdad que uno de ellos se suicidó colgándose de una rama. Fue inesperado y aterrador. Amaneció ahí, flotando en el aire en medio de la neblina, como la momia de una mariposa gigante que nunca va a emerger del capullo. En el zoo nadie imaginaba que los indígenas conocieran algo tan sofisticado como el suicidio.

Esta tarde, en la última jornada, se han vendido mil entradas y la gente ya se agolpa formando largas filas alrededor de los zoológicos humanos y el resto de exposiciones. Lo primero que ven quienes acaban de acceder al Tahuantinsuyo es a una decena de niños descalzos que corren tras un perro sin pelo en una algarabía sin etnia. Uno de ellos se detiene, se apoya en un muro, un poco agitado, y dirige su mirada a la gente anhelante por entrar. Los colores de su poncho de diseños de serpientes bicéfalas y olas de mar roído por el tiempo reverberan al fulgor de la débil resolana. Una mujer muy arreglada ve que el niño se ha alejado de su grupo y le pide que se acerque. Le da unos granos de maíz tostado que reparten en bolsas en la puerta para interactuar con los indios. ¿De dónde eres?, le pregunta. El niño le contesta en perfecto francés: soy de Perú. ¿Cómo te llamas? Juan. ¿Y tu mamá? El niño ya no contesta. Corre en busca de sus compañeros y su rastro se pierde en el riachuelo artificial.